SHABBAT NOIR

Lisa Hazan

SHABBAT NOIR

ÉQUATEURS

ISBN : 978-2-3828-4785-5.

Dépôt légal : août 2024.

170 *bis*, boulevard du Montparnasse, 75014 Paris.
editions-des-equateurs@orange.fr
www.editionsdesequateurs.fr

I

La guerre

Ce samedi, lorsque je me suis réveillée, Papi a crié : « Tu as entendu ce qu'il se passe ? Il y a la guerre ! » Comme je n'avais rien entendu du tout, il a grondé : « Depuis six heures ce matin, enfin ! Mais évidemment, tu n'es pas au courant, tu préfères dormir ! »

C'était impensable pour lui qu'on fasse la grasse matinée un jour aussi grave.

— Ton ventre ne t'a pas prévenue ?

Parce que lui, son ventre le prévient lorsqu'il y a un danger. Ce matin, à six heures, son ventre s'est tordu tellement fort qu'il a tout de suite su que c'était la guerre. Mais moi, mon ventre ne me prévient que lorsqu'il a faim. Papi dit que c'est parce que la nouvelle génération est privilégiée, qu'elle n'a pas vécu assez de malheurs pour que son instinct l'alerte.

J'ai regardé les informations en prenant le petit-déjeuner : les catastrophes sont toujours plus supportables le ventre plein. Mais vite, je n'ai plus rien réussi à avaler, j'avais comme une boule qui me bloquait la gorge. J'ai appelé mes parents et mes sœurs qui habitent en Israël, le fameux pays en guerre. Ils allaient bien, même s'ils avaient peur. Ma sœur surtout qui effectuait son service militaire – obligatoire en Israël. Elle répétait : « Ils sont entrés dans le pays. Par les airs, par la mer, par la terre... Ils ont attaqué un kibboutz. » Elle pleurait et je l'écoutais sidérée parce que ça ne concordait pas avec la télé. Ils ne montraient que des missiles et des roquettes. Elle, elle me parlait de terroristes qui tuaient des gens dans leur maison, et de morts dans une rave party, et de violences qui paraissaient tellement horribles, tellement impossibles, que je n'arrivais pas à les assimiler. L'horreur ne me sautait pas encore aux yeux, je ne comprenais pas, je ne saisissais pas que le monde s'écroulait pendant que j'étais au téléphone avec elle. Des gens étaient massacrés, appelaient à l'aide pendant qu'on regardait les missiles à la télé.

Secouée, j'ai raccroché et j'ai appelé mes amis pour m'assurer que tout le monde allait bien. Certains étaient sans nouvelles de leurs proches. L'une sanglotait : « Mon frère ne me répond pas, je crois qu'il a été tué. Il ne répond pas, il ne répond pas... » Sa douleur était tellement forte que son corps ne la supportait pas ; elle hoquetait, je la sentais trembler de tous ses membres, et j'avais envie de lui dire que j'étais là, mais je n'y étais pas, j'étais à quatre mille kilomètres et je ne pouvais pas la prendre dans mes bras.

Un autre essayait d'être optimiste : « Ma sœur était au festival, elle ne me répond pas non plus. Mais il est encore tôt… » Il y avait de la supplication dans sa voix. J'entendais bien qu'au fond de lui il savait déjà.

Plus tard, on me raconterait en détail le festival Nova, avec ces jeunes hippies partis danser si près de Gaza… Sur le chemin, ils demandaient abasourdis : « Mais où on va ? », « On va à Gaza ? », « C'est pas possible, on va pas danser là-bas ?! » et les organisateurs les rassuraient : « Vous inquiétez pas, ce sera sécurisé. »

Je verrais les images, les jeunes danser, un peu drogués, un peu ailleurs, vivant si fort… Et soudain, les roquettes, par centaines. Les terroristes débarquer. Le mouvement de sidération, de panique. Les jeunes s'enfuir, prendre la voiture, celui qui tirait sa petite amie par la fenêtre pour la sauver, et soudain le terroriste leur couper la route.

Je verrais cette jeune femme ensanglantée, les talons coupés pour qu'elle ne puisse pas s'échapper, les terroristes jubiler, la jeter dans la voiture. Elle avait mon âge.

Puis ma mère me rapporterait les mots de cette

fille qui avait refusé d'appeler ses parents pour les protéger : « Il ne fallait pas que je les appelle. Je savais qu'il ne fallait pas que je les appelle. » Tous les parents partis chercher leurs enfants étaient morts. Ma mère pleurerait en me racontant l'histoire ; elle s'emmêlerait dans sa peine et culpabiliserait : « Je n'ai pas su vous protéger. » J'aurais beau lui répéter que mes sœurs et moi on était bien vivantes, qu'on était là auprès d'elle et qu'on allait bien, elle resterait inconsolable : « Ta sœur avait pris des places pour cette fête, pour le vendredi d'après. Ça aurait pu être vous. Ça aurait pu être moi, la mère qui laisse partir ses enfants à la fête... C'est trop violent. C'est juste trop violent. » Elle le répéterait en boucle, avec un désespoir que je ne lui connaissais pas. Puis elle me parlerait de cet autre jeune qui s'était caché sous les cadavres pour échapper au Hamas. Même qu'il pensait être mort et qu'il croyait que c'était ça la mort, rester caché sous des cadavres sans comprendre ce qui arrivait, et il croyait que les cadavres au-dessus de lui pensaient pareil. Et comment un endroit si plein de vie se trouvait soudain recouvert de cadavres ?

Trois cent soixante-quatre civils sont morts à la rave party ; quarante-quatre ont été pris en otage.

Si j'étais d'humeur poétique, je dirais qu'ils ont quitté la vie en dansant et que ça représente la jeunesse juive, qui dansera jusqu'au bout. Mais je suis d'humeur désespérée et ils sont juste morts, et il n'y a rien à dire pour atténuer cette tristesse.

Sur les réseaux sociaux, tout le monde paniquait – « On n'a plus vu mon ami depuis sept heures, si vous avez une information, prévenez-moi » – ou annonçait le décès d'un père, d'une mère, d'un proche…

Des vies fracassées, les unes après les autres, des sanglots, des corps sans vie, des tortures… J'ai pensé à ma sœur qui effectuait son service militaire et qui n'aurait jamais le droit de quitter le territoire. À mon autre sœur d'à peine treize ans, déjà exposée aux drames. J'ai pensé à mes parents, à mes amis. Surtout aux garçons, appelés au front. Certains partaient avec fierté, prêts à protéger le pays ; d'autres la boule au ventre, à reculons, comme l'on se rend à l'abattoir. Et puis il y avait les autres, les militants pacifistes qui nous avaient permis de croire en un avenir meilleur, mais avançaient aujourd'hui l'arme à la main et rien que d'y penser, j'avais envie de vomir.

Je me sentais mal et j'avais envie de hurler. C'était trop dur ; je ressentais des choses que je ne savais même pas nommer, qui me saisissaient le ventre et la gorge, qui me détruisaient du dedans, qui me donnaient envie de tout casser…

Mais je n'ai pas hurlé. Et je n'ai rien cassé.

J'ai souhaité du courage et exprimé mes condoléances, je ne pouvais rien faire de plus. J'ai reçu quelques messages d'amis de France qui me demandaient si tout allait bien parce que les médias français commençaient à relayer l'ampleur du désastre. Nour – que j'avais rencontrée au travail, nous vendions des glaces à l'Arc de Triomphe – m'a proposé de déjeuner au restaurant japonais à volonté. Le serveur panique dès qu'il nous voit arriver parce qu'on a bon appétit. J'ai accepté et embrassé mes grands-parents, chez qui je dors souvent le vendredi soir. Le Shabbat, c'est important d'être entouré.

Dans le métro, j'ai de nouveau regardé les réseaux sociaux. J'ai partagé les photographies d'amis israéliens dont on n'avait plus de nouvelles et j'ai aussitôt reçu des messages haineux : « Arrête avec ta propagande », « C'est bien fait pour les Israéliens », « Le Hamas n'a rien de terroriste, si tu le condamnes c'est que t'es une hypocrite », « Les politiques soutiennent Israël juste parce que le Hamas c'est des musulmans et que le juif a toujours été une minorité privilégiée en France »… Des camarades de ma licence de lettres. Avant, j'aurais peut-être dit des amis parce qu'on buvait souvent des verres ensemble le soir, après les cours.

Je n'avais pas la force de me disputer, ça aurait été trop de guerres pour une seule matinée. J'ai préféré jouer la diplomate plutôt que de les insulter, en expliquant que oui, le gouvernement israélien était à vomir, que l'occupation des territoires palestiniens était à vomir, que c'était bien de leur part de soutenir les civils palestiniens… Mais que le Hamas, ça n'avait rien de palestinien justement, ni de musulman, et que c'était étrange, pour des gens qui se disaient de gauche et tolérants, de faire un amalgame pareil. Qu'on avait vu mieux, comme privilège, qu'être juif en France. Que se réjouir de la mort de civils, c'était inhumain, qu'ils savaient que j'avais ma famille là-bas et que c'était dégueulasse, on a le droit de pleurer ses morts peu importe leur nationalité parce que la douleur est universelle, elle ne fait pas de distinction. Enfin, être raciste et antisémite c'était pas excusable, même si une bonne cause nous servait de prétexte.

Au lieu de s'excuser, ils ont répondu que j'étais une idéaliste niaise, colonisatrice de surcroît, qui ne savait pas de quoi elle parlait et que, si j'avais lu plus de philosophes et d'écrivains dans ma vie, j'aurais su que le Hamas avait raison et que les Israéliens méritaient de mourir.

J'aurais presque ri si je n'avais pas eu si mal au cœur. Pendant un instant, j'ai voulu tout quitter pour rentrer en Israël ; le bruit des roquettes me paraissait plus supportable que celui des mots. J'ai repensé à cette phrase qui clôturait les discours des politiques, soldats et endeuillés israéliens : « Car nous n'avons pas d'autre pays. » Une sorte de « Vive la République et vive la France », mais en beaucoup plus fataliste ; il y résonnait le deuil, la douleur de la Shoah, la douleur des juifs en diaspora et même ma douleur à moi, femme de vingt et un ans qui avait le malheur d'avoir la mauvaise nationalité, la mauvaise religion et ses proches au mauvais endroit.

Un homme qui faisait la manche dans le métro m'a sortie de mes pensées et je me suis dit que décidément, on était beaucoup de monde à souffrir. Je lui ai donné quelques pièces et il m'en a demandé plus, pour aider sa famille qui l'attendait quelque part. Je voyais bien dans ses yeux que personne ne l'attendait nulle part, mais c'était tellement triste à envisager que je lui ai donné un euro de plus, pour l'espoir. Son regard a pétillé et il a tenté : « Est-ce que t'aurais pas un billet aussi ? Pour mon enfant qui va bientôt naître ? » J'ai râlé. « N'exagère pas, le billet c'est pour mes courses à moi… Je suis étudiante. » Là, il a eu l'air embêté parce que tout le monde sait que les étudiants ont du mal à joindre les deux bouts. Je crois même qu'il voulait me rendre l'argent, mais qu'il avait peur que je le prenne mal. Pour le détendre, j'ai pointé du doigt un monsieur en costard qui consultait son téléphone juste derrière lui :

« Tiens, regarde comment il a l'air riche ce type, c'est sûr que lui, il a un billet pour toi. »

Le type en question m'a jeté un regard noir.

Mais il lui a tout de même donné un billet parce qu'il était mal à l'aise. J'ai eu l'impression d'avoir fait une bonne action en n'ayant rien fait du tout, ce qui est toujours plus agréable que lorsque ça coûte vraiment quelque chose.

J'ai retrouvé Nour au restaurant. Au début de notre amitié, je n'osais pas lui dire que j'étais israélienne, j'avais peur qu'elle le prenne mal et qu'elle ne voie plus que ma nationalité. Mais finalement, quand elle l'a sue, Nour a juste dit: « Bah, chacun son bled. Moi c'est le Maroc, toi c'est Israël. Ça va pas plus loin. »

Et ça n'allait pas plus loin.

Mon amie m'a tout de suite demandé comment allaient mes proches, comment j'allais moi, si j'avais prévu de fréquenter les milieux juifs prochainement, si mes professeurs et camarades d'université connaissaient ma seconde nationalité... Bref, elle s'est inquiétée pour moi. Après, quand j'ai eu fini de la rassurer, elle s'est inquiétée pour elle.

— J'espère que ça ne va pas nous retomber dessus. Dès qu'il y a des attentats quelque part dans le monde, les musulmans s'en prennent plein la tête.

Elle disait vrai. Je crois même que la plupart du temps, il n'y a pas besoin d'attendre un attentat: les hommes se choisissent d'abord un bouc émissaire et après seulement, ils inventent une raison.

—Y a des politiques, a poursuivi Nour, qui sont

en train de soutenir les juifs seulement par haine des Arabes, parce que c'est l'occasion pour eux d'être racistes avec bonne conscience.

J'ai acquiescé en silence. Il n'y a pas pire sensation que d'être le prétexte d'une haine.

— Mais je crois qu'ils ne vous aiment pas non plus. C'est juste du bluff. Ne vote pas pour eux à la prochaine présidentielle !

J'ai ri.

— Non, je ne voterai pas pour eux.

— Tu voteras pour la gauche ?

— Non plus, je ne suis plus de gauche.

Elle a ouvert de grands yeux horrifiés parce que c'est tabou chez les jeunes de ne pas être de gauche.

— C'est une résolution que j'ai prise tout à l'heure. Il y a plein de gens de gauche qui sont antisémites.

— Il y a plein de gens de droite aussi.

— Ça fait plus de peine quand ça vient de la gauche : ils viennent nous parler, ils prennent un verre avec nous, ils nous invitent à leur fête… pour au final laisser ressortir leur haine le jour où on a le plus besoin de soutien.

Elle a réfléchi un instant. Elle a dû voir que j'étais juste très triste parce qu'elle a répondu :

— Tu as raison… Moi non plus, je ne suis plus de gauche. Ils n'osent même pas prononcer le mot « arabe » à haute voix, on dirait que c'est un gros mot !

On a ri. On sentait bien qu'on était en train de devenir adultes, parce qu'on ne croyait plus en rien.

Après le déjeuner, on est allées chez moi et on s'est assises sur mon lit pour réfléchir.

« Netanyahou va riposter, s'est inquiétée Nour. Il ne va pas tuer que le Hamas et des civils palestiniens vont mourir... »

Elle a soupiré. « C'est toujours pareil, les dirigeants font la guerre et les petites gens payent. »

J'ai acquiescé en silence. Moi plus tard, je n'écrirai que sur les petites gens, ceux qui ne sont rien du tout, ceux qui n'ont rien demandé, ceux qui sont mal-comme-il-faut... Pour leur rendre justice, pour leur dire qu'eux aussi, ils en valent la peine.

J'ai fermé les yeux et j'ai demandé d'une petite voix : « Est-ce que tu sens ? »

Nour a reniflé... Oui, elle sentait. Une drôle d'odeur planait. Une odeur de catastrophe. Elle envahissait tous les recoins de ma chambre et peut-être même du monde. On y sentait Israël, on y sentait Gaza, on y sentait la Cisjordanie, on y sentait l'Iran aussi, le Liban, le Proche-Orient en général, et encore l'Europe, les États-Unis, d'autres pays... C'était l'odeur de la guerre, de la tension, de la peine. Ça puait tellement l'horreur que j'ai eu envie de me boucher le nez et de prier pour ma famille et pour mes amis, pour que tout le monde s'en sorte indemne, pour qu'il y ait la paix un jour... Mais je n'ai pas prié, parce que ça ne servait à rien. Dieu ne m'aurait pas écoutée. Ces derniers temps, Il n'écoutait pas grand monde.

On est restées silencieuses un moment. Nour a regardé mes livres et son esprit s'est promené loin, très loin d'ici, loin du Proche-Orient. Puis, sentant que je ne la quittais pas des yeux, elle a demandé :

— Tu aimes Romain Gary ?

— Oui, beaucoup. J'ai quasiment tout lu.

Je me suis tournée vers l'étagère de ma bibliothèque qui lui est consacrée et j'ai senti un peu de réconfort. Même quand tout va mal, on peut toujours lire, et c'est mon côté artiste.

— Pourquoi lui précisément ?

J'ai haussé les épaules. Parfois les livres nous parlent, on ne sait pas trop pourquoi. C'est une sensibilité qui en rencontre une autre, ça marche à l'instinct. J'ai toujours été mauvaise pour analyser les auteurs que j'aimais. Là où je croyais entrevoir un bout de leur cœur, les professeurs parlaient de figures de style. Je n'avais pas envie d'apprendre que l'artiste que j'admirais n'était qu'un artisan, que sa liberté ne tenait qu'à une bonne maîtrise des règles...

J'ai répondu à Nour :

— Souvent, quand je lis un livre, même d'un grand auteur, ou quand je vois un film... j'ai cette impression que lorsqu'on s'attarde sur un personnage, sur la petite vie de l'individu, ce n'est finalement qu'un prétexte pour parler de quelque chose de plus grand. Pour parler de l'Histoire par exemple, pour parler de la guerre, ou bien de la société, pour critiquer une partie de la population, pour passer un message... Comme si la petite vie n'était qu'une excuse. Comme si la petite vie n'avait un intérêt que parce qu'elle s'inscrit dans un grand contexte, une grande pensée... Tu vois ce que je veux dire ?

Je me suis tue un instant et j'ai repris :

— Chez Romain Gary... J'ai au contraire le sentiment que la petite vie se suffit à elle-même. Même si le fond est important, il prend la peine d'entrer dans les détails. Il parle du chien, du parapluie, du serpent ou du cerf-volant... De choses dérisoires aux yeux du monde, mais qui sont tout pour la personne racontée. C'est fort, non ?

Elle a hoché la tête parce que oui, c'était fort.

— Il a un profond respect pour la fragilité. Pour la vulnérabilité des gens. Il a de la pudeur et de la tendresse pour les vies qu'il décrit, c'est pour ça que c'est touchant, parce qu'il ne prend personne de haut... Puis il y a son humour aussi, une espèce de recul. Si on a l'impression qu'il raconte notre vie à nous, l'humour nous interdit de fataliser ou de dramatiser ce qui arrive. Si au contraire on a l'impression qu'il raconte la vie d'un autre, l'humour nous interdit de prendre la personne en pitié... C'est fort. Je veux dire, c'est un haut niveau de justesse.

Elle a acquiescé et on est restées silencieuses un moment.

J'ai soupiré :

— Enfin... C'est subjectif ce que je dis... Si un jour j'étudie cet auteur en classe, les professeurs briseront ma poésie. Ils donneront un contexte, un mouvement littéraire, des enjeux, d'autres figures de l'époque... Ils expliqueront ses mots et je comprendrai que je n'ai rien compris. Ils parleront de la personne, de ses aspirations. À force de les écouter, j'en viendrai même à douter que l'écrivain n'ait écrit toute son œuvre que dans l'unique intention de toucher mon cœur à moi...

Elle a souri et j'ai souri aussi. Elle a conclu :

— Nous, on le sait bien, qu'ils n'écrivent que pour nous.

Nour est rentrée chez elle, *L'Angoisse du roi Salomon* dans les mains, et je suis restée seule, avec mon angoisse à moi dans le ventre.

C'est fou comme on se sent seule quand les choses vont mal. J'avais beau avoir vingt et un ans, vivre seule depuis mes dix-huit ans, être une vraie femme adulte avec un métier, un loyer, des responsabilités et même des études à côté ; je me sentais terriblement enfant et mes parents me manquaient.

J'avais envie de pleurer, mais ils n'étaient pas là pour me prendre la main, me serrer, me dire que ça irait. Pleurer, quand on est seul, c'est la pire chose à faire, ça ne sert à rien, ça nous rappelle juste notre solitude parce que personne ne sèche nos larmes, elles sèchent à l'air et ça irrite les joues… Nos yeux deviennent tout bouffis, notre visage prend une teinte violette des plus laides et, si on est déjà moche, alors on devient encore plus horrible et ça nous met un coup au moral.

Enfin, j'ai tout de même pleuré.

Je me suis laissée aller pendant de longues minutes, même si le désespoir c'est un peu comme l'alcool, on n'y a droit qu'à partir d'un certain âge. J'ai oublié temporairement que j'avais vingt et un ans et que le plus beau était à venir, et j'ai seulement pensé que tout allait mal et que j'étais triste.

J'avais mal au cœur, mal à la solitude, mal au pays – sans savoir si derrière le pays je mettais la France ou Israël, ou le monde entier, ou rien du tout. Parfois, les juifs, on se souvient soudain qu'on est des exilés, ça nous frappe d'un coup. On ne se sent plus chez soi nulle part, on a l'impression d'errer, l'impression que, si on va quelque part, on arrivera n'importe où. On se sent comme les pigeons, qui se font chasser à coups de pied, qui cherchent un toit pour se poser et ne rencontrent que des piques, parce que c'est la nouvelle mode de mettre des piques sur les toits pour éloigner les pigeons. On devrait plus militer pour les pigeons.

On a l'impression de parler un autre langage que le reste du monde, que peu importe les mots employés, personne ne comprend. On est nés sans langue natale, on a juste appris celle des voisins, et y a pas de mots, dans la langue des voisins, pour décrire la peine des juifs. On n'a pas de racines, ou au contraire, on en a trop. On est quelques arbres dont la forêt a brûlé et on n'a pas tous poussé au même endroit. On est dispersés, on est isolés, on est comme un chêne au milieu des sapins ou comme un sapin au milieu des chênes ou comme n'importe quelle autre plante qui contraste, qui n'est pas à sa place. On n'est jamais à notre place.

Aujourd'hui, j'aurais voulu qu'on me prenne, qu'on me serre très fort dans les bras, qu'on s'attarde sur ma judéité, avec tendresse, avec respect, qu'on se pousse un peu pour me faire de la place, pour me dire que moi aussi, j'ai un chez-moi.

Enfin… J'ai pris un stylo pour soulager ma peine et j'ai écrit. Je crois que c'est pour cela que l'écriture existe, pour que les personnes sans foyer puissent s'en inventer un.

2

Le foyer

J'ai pensé à mes sœurs. La petite, qui est au collège, tente par tous les moyens de se faire des amis, même si elle étudie dans une école du nord de Tel-Aviv et qu'on n'y trouve que des bourgeois prétentieux. C'est là que se sont installés les riches émigrés d'Europe et des États-Unis. Contrairement aux habitants du sud, ils vivent dans des immeubles élégants, spacieux, avec en bas de chez eux des parcs pour leurs enfants et d'autres parcs pour leurs chiens parce qu'il ne faut pas mélanger les deux. Là-bas, on ne manque de rien.

Mais ma sœur manque d'amis. Elle rentre souvent en larmes à la maison, à cause de toutes ces filles qui organisent des sorties sans la convier et de tous ces garçons qui ne la saluent pas dans les couloirs. Elle raconte ses efforts pour parler aux autres. Elle a plein de sujets de discussion : les mangas –

qu'elle sait dessiner; la saga *Harry Potter* – qu'elle connaît par cœur; le football – elle s'est inventé une amitié avec Kylian Mbappé; les chanteurs Static et Ben El – elle sait tous les ragots sur eux. Une culture collégienne parfaite. En plus, elle s'habille bien, elle est gentille, drôle et même belle – peut-être trop pour les jalouses. Mais ça ne suffit pas à se faire des amis.

Quand elle pleurait, mon cœur se serrait. On sait bien que les petits malheurs de collégiens sont de très gros chagrins. Je la consolais comme je pouvais, mais j'avais beau lui dire que c'était le collège, une terrible période que personne dans la famille n'avait appréciée, que ça passerait un jour, qu'à cet âge-là les filles étaient des pestes, les garçons des cons, que j'avais mis quatre ans à me faire une bande d'amis, qu'il fallait que ça coule sur elle comme de l'eau, que nous, ses sœurs, on était là, on était ses amies pour la vie, qu'elle n'avait pas besoin de l'amitié de ces petits idiots… elle restait inconsolable.

Heureusement, elle a le volley-ball pour la réconforter. Comme dans les films, son entraîneur l'apprécie beaucoup et la pousse vers le haut. Il l'aide à intégrer d'autres équipes, toujours plus fortes. Souvent, elle est désignée meilleure joueuse des tournois auxquels elle participe… Objectif les Jeux olympiques, mais elle ne sait pas encore si elle veut être championne de volley, actrice ou juste riche. Quand on est collégien, on est un peu indécis.

Mon autre sœur, plus grande que la petite mais plus petite que moi, effectue son service comme greffière dans les tribunaux de l'armée et se vante de sa capacité à écrire très vite. Pour ne pas la vexer, on fait semblant d'être impressionnés. Au tribunal, elle croise souvent d'anciens camarades de classe convoqués pour toutes sortes de bêtises – drogue, désertion, assoupissement pendant une garde –, l'occasion de prendre des nouvelles, de savoir ce que chacun devient, avant qu'ils ne soient emprisonnés.

Sa bande d'amis, qui la suit depuis le collège, est typique d'Israël : l'une, originaire de Russie, passe sa vie chez les psychiatres parce que son cerveau lui échappe, retourne parfois dans son pays natal, sans lui demander son avis. Un autre est arabe et gay, ce qui fait pas mal de minorités pour un si jeune homme. Il se sent profondément israélien mais aimerait être plus accepté dans la société et avoir un gouvernement qui le respecte ; il faut croire que c'est trop demander, le pays a du mal à évoluer… La troisième est tellement riche qu'elle a des maisons partout dans le monde, mais finalement ne se sent chez elle nulle part. Elle parle quatre langues en raison de ses multiples origines et, quand elle est en colère, s'embrouille dans les mots, mélange l'hébreu et l'arabe, l'anglais et l'espagnol, et plus personne ne la comprend. Il n'y a pas pire pour la colère que d'être incomprise. Enfin, la dernière vit dans le sud de Tel-Aviv, cette partie de la ville délaissée où la pauvreté vous saute à la figure, où les parcs ne sont ni pour les enfants, ni pour les animaux de compagnie, mais pour les gens qui n'ont nulle part où dormir. Chaque week-end, elle travaille chez un glacier qui la paie l'équivalent de deux boules de glace par heure. Elle n'a pas de chien, comme c'est la mode dans le Nord, mais un chat qui vit dans sa rue – la majorité des Israéliens se sont approprié un chat de rue. Elle consacre une grande partie de son salaire à le nourrir et à le toiletter parce qu'il vit comme elle dans le Sud, à cause de la naissance qui est une drôle de loterie et on répare comme on peut l'injustice.

J'ai pensé à mes parents. Mon père a ouvert un studio photo à Natanya, la ville où nous nous sommes installés en 2021, cinq ans après avoir émigré en Israël. Une grande partie des habitants sont français et russes, ils ne parlent presque pas l'hébreu, ce qui arrange bien mes parents qui ont du mal avec la langue. Le studio se situe à côté du *kikar*, le centre-ville, particulièrement populaire auprès des vieux : ils s'installent dans un café, commandent un verre d'eau, puis restent des heures à papoter et à commérer sur les passants, sans qu'aucun serveur puisse les dégager à cause du respect qu'on doit aux personnes âgées. Je crois que c'est pour cela que mon père n'a jamais ouvert de café.

Il a fabriqué de ses mains les décors du studio photo, mais raconte aux clients que c'est l'œuvre d'un grand architecte parce qu'il aime s'inventer un peu, c'est mieux pour le commerce. Lorsque je travaillais pour lui, j'étais une grande professionnelle qui avait déjà photographié les plus beaux modèles du pays – mes sœurs.

Les mères sont parfois un foyer à elles seules, dans leurs bras on a toujours un peu moins peur. La mienne est prof de physique-chimie depuis vingt ans. Au départ, elle voulait être fabricante de drogue – ça paie mieux, mais la loi et ses parents l'en avaient empêchée. Chaque matin, elle se réveille à cinq heures pour se rendre au lycée français de Jérusalem. Elle entre dans la ville au lever du soleil et assiste à ce spectacle splendide, où les collines prennent une teinte dorée, comme dans la chanson de Naomi Shemer.

Ses élèves sont des Palestiniens de Cisjordanie, des fils de ministres et d'ambassadeurs. En temps de guerre, elle a toujours peur de ne pas recevoir de salaire. Parfois, quand la sirène des roquettes résonne dans la ville et que ma mère panique, ils la rassurent : « Vous inquiétez pas, le Hamas va pas nous tirer dessus. Avec nous, vous êtes immunisée. » Il y en a toujours un pour ajouter : « Enfin, sauf s'ils ratent leur tir » et toute la classe éclate de rire, pendant que ma mère tremble ; elle est moins habituée à la guerre…

Mon foyer, c'était aussi les lieux de fête. Le quartier Kiryat Hamelacha, notre maison du soir. Un quartier inhabité dans le sud de Tel-Aviv où les plus grands artistes cohabitent avec les dealers et les prostituées. Dans les nombreux restaurants malfamés, on ne paie son repas que si l'on aime et on a le droit de ne pas aimer.

Partout, les immeubles portaient des messages de paix : mon graffiti préféré représentait une immense Terre abîmée qui regardait la ville avec de grands yeux tristes. En dessous, des dizaines de bonshommes un peu déformés, aux couleurs et tenues différentes, tenaient cette planète bleue de leurs longs bras maigres. La légende en hébreu précisait : « *Zé bayadaim shélanou* », « C'est entre nos mains ». Tout autour fleurissaient les premières formes de « *street art* augmenté » : des peintures brouillonnes à l'œil nu qui, observées à travers la caméra des téléphones, dévoilaient des œuvres d'art.

Surtout, on venait pour danser.

Dans les immeubles désaffectés, les DJ en devenir organisaient des fêtes gratuites. La musique se répétait, tellement forte, rapide et violente, qu'elle nous droguait presque. L'absence de paroles interdisait de réfléchir, de penser ; le cerveau pouvait se reposer, il n'y avait qu'à bouger.

On retirait les chaussures, on dansait pieds nus, on se bousculait et on se secouait. Il faisait tellement sombre qu'on ne voyait plus rien. On n'avait que cette adrénaline qui sortait du cœur et contrôlait notre corps. On ne savait pas si on était heureux ou pas, on s'en fichait, on était libérés pour une soirée de tous les choix qu'on avait à faire, de tous les problèmes qui nous étouffaient, de tous les malheurs qui nous semblaient insurmontables. Les fêtes étaient une parenthèse dans la vie où plus rien n'avait d'importance. Chacun était libre, plus personne ne jugeait et demain était si loin que personne ne s'en préoccupait. On se sentait respirer. On dansait presque pour militer, par défi, pour affronter la vie, pour dire que peu importe l'état du monde, les jeunes dansent, ils danseront toujours.

Les soirées techno finissaient tard, quand il n'y avait plus de transports pour rentrer, et on avait le choix entre faire du stop ou se ruiner en taxi. Sur le chemin, on croisait parfois Tamar, une femme à la voix grave, qui avait fini ses affaires et sanglotait seule, au milieu de la rue : « Oui, je suis une coccinelle et alors ? Les coccinelles au moins n'abandonnent pas leurs gosses ! »

Coccinelle, c'est un mot familier pour dire transgenre en hébreu. Mais sans doute que la bête non plus n'abandonne pas ses gosses.

« Je n'abandonne pas mon gosse, continuait-elle, parce que je ne peux pas en avoir. Parce qu'on ne m'autorise pas à en avoir ! Je déteste le monde ! Je déteste la société ! C'est de votre faute ! »

Parfois, son regard s'accrochait à nous et elle cessait un instant de se lamenter : « Ne faites pas attention à moi. J'accuse le monde entier, mais pas vous, les jeunes. »

D'habitude, c'était l'inverse, le monde entier nous accusait nous, les jeunes.

Puis elle se remettait à crier, en espérant peut-être que quelqu'un l'entende, mais elle faisait partie des oubliés du pays et, lasse d'être impuissante, elle regardait sa montre avant de revenir à nous : « Bon sang ! Il est cinq heures du matin ! Et vous n'êtes toujours pas couchés ? Mais vous êtes fous, il ne faut pas traîner dans ce quartier la nuit, allez dormir ! »

Sûrement qu'elle aurait fait une bonne mère.

Les autres fêtes avaient lieu au port. Au Namal Tel-Aviv, situé au nord, où se trouvaient les boîtes de nuit les plus huppées des touristes, ou au Namal Yafo où l'on pouvait sans difficulté incruster de magnifiques mariages. J'ai ainsi participé à des cérémonies marocaines, turques, américaines et une fois à un mariage éthiopien – mais je me suis vite fait repérer à cause de ma couleur de peau.

Une bande de hippies s'était installée à Yafo, sur de vieilles péniches qui flottaient à peine. Pendant une période, je prenais souvent le thé chez eux. Un jeune à la tignasse blonde qui lui arrivait jusqu'en bas des pieds sortait parfois un ukulélé. Il ne jouait pas très bien, mais ce n'était qu'un détail. Ils avaient aménagé leurs bateaux avec des objets trouvés dans la rue, fauteuils, hamacs, statuettes, quelques livres en russe – personne ne parlait le russe –, un drapeau pirate. Des bouteilles d'alcool poussiéreuses s'entassaient dans les placards.

Ils devaient être une vingtaine à habiter ces péniches, mais je ne les ai jamais vus tous ensemble, il en manquait toujours un, parti en voyage.

À côté se trouvaient les bateaux de pêche. La majorité des pêcheurs ne parlait qu'arabe et on avait du mal à se comprendre, alors on se contentait de se saluer : « *Shalom* », « *Salam* », et d'utiliser les mots transparents, comme « *shamén* » qui voulait dire « gros », on se traitait souvent de gros. Pour le reste, on utilisait le langage des mains : je leur demandais de m'emmener en balade tout en montrant mon porte-monnaie vide. Ils me prenaient quand même et on pêchait ensemble. Ils m'offraient quelques morceaux de pastèque et des pâtisseries orientales. En échange, je leur donnais un coup de main pour jeter le filet et le remonter.

Quand je revenais sur le quai, un ami inquiet

venait presque toujours me gronder : c'était dangereux pour une jeune femme de partir seule en mer avec des hommes. Mais à cette époque et dans ce pays, je n'avais pas peur.

Quand je pense à Israël, les ports de Tel-Aviv et de Yafo me reviennent en premier.

Parce que je crois que le pays entier fonctionnait comme un port : les gens venaient, partaient, revenaient et repartaient. C'était un va-et-vient constant. On prenait le large plusieurs années, pour faire le tour du monde, travailler, étudier à l'étranger ; puis, lorsqu'on se perdait en chemin ou qu'on se faisait chasser, ou que la solitude nous rattrapait, on retournait en Israël se ressourcer. On avait comme une boussole interne, quelque part dans le cœur, qui nous liait au pays, qui nous guidait vers lui. Même sans y vivre, on avait besoin de savoir qu'il était là, qu'il existait. C'était notre refuge, notre point de repère. On s'absentait plusieurs années, mais on ne souffrait pas du manque ; on savait que, le jour où on rentrerait, on retrouverait nos proches et le soleil, que, malgré les guerres, on serait toujours accueilli à bras ouverts.

Israël était un point d'ancrage, peu importe la date, peu importe l'année, peu importe la durée de l'absence ; on y avait rendez-vous, avec sa famille, ses amis et les autres juifs.

Mes proches et moi étions dispersés dans le

monde entier. Une partie de ma famille en Israël, l'autre en France ou au Canada. Une de mes amies étudiait le dessin aux États-Unis. Un autre traversait l'Amérique du Sud en stop, il se trouvait actuellement en Argentine. Un autre encore pratiquait le kung-fu en Chine. Celle-ci était retournée vivre aux Philippines. Celle-là habitait Berlin où elle devenait artiste…

Mais aujourd'hui, notre boussole interne était activée ; on avait tous la tête et le cœur au même endroit. Certains d'entre nous prenaient déjà leurs billets d'avion pour rejoindre Israël. On ressentait la même douleur, l'intense douleur, celle commune aux juifs qui apprennent la mort d'autres juifs, qui apprennent que leur refuge est menacé, que le port qui les relie est en train de saigner.

3

Maria et Ahmed

On a toqué à ma porte. Celle qui ne donnait ni sur ma famille, ni sur le port de Tel-Aviv, mais sur ma chambre étudiante à Paris où j'étais seule avec ma peine. J'ai arrêté d'écrire et je suis allée ouvrir. Maria, une amie qui vivait aussi dans la résidence, brandissait deux pots de glace :

— J'ai pris ça au McDo. C'est pour te réconforter. On mange sur la terrasse ?

J'ai été touchée ; on néglige trop souvent les petites attentions. Ma chambre étudiante m'est soudain apparue plus chaleureuse.

On est montées sur la terrasse qui donne sur Paris. J'ai observé la ville dans sa tenue d'automne, les feuilles mordorées du jardin du Luxembourg, le ciel aux reflets pastel. Les toits s'étendaient à perte de vue, la tour Eiffel se détachait au loin et j'ai pensé que c'était beau, Paris.

Pendant ce temps, à quatre mille kilomètres, l'horreur continuait. Mon téléphone affichait les dernières nouvelles : viols, tortures, décapitations, massacres. Et moi j'étais là, à Paris, et je me disais que c'était beau comme ville. Et je mangeais ma glace.

— Ça va ? a demandé Maria.

Je n'ai pas répondu parce que j'avais envie de vomir. Alors elle a parlé pour moi.

— Comme c'est beau Paris... Quand je vois la ville d'aussi haut, j'ai l'impression que tout est possible. Même les rêves qu'on n'ose pas dire à haute voix. Moi, tu sais, mon vrai rêve ce serait d'être artiste. Je ne sais pas trop dans quel domaine. La photographie, l'écriture ou la musique... Enfin, tout simplement être artiste quoi. J'aimerais créer. C'est tellement beau de créer. Ça nous unit de créer... Mais quand on me demande ce que je veux faire plus tard, je ne réponds jamais « artiste » ou « créer », ça sonne prétentieux ou naïf, pas terre à terre. C'est fou tout de même, qu'on ait si peu le droit d'être honnête...

Elle est restée songeuse quelques instants, puis elle a parlé d'Israël :

— Tu te rappelles, tu nous avais invités à venir cet été. Ça aurait pu être bien. J'aurais aimé voir Jérusalem, il paraît que c'est très spirituel comme ville, qu'on sent la religion, que c'est très beau...

Moi, je ne crois pas en Dieu. Mais j'aime bien la Vierge, elle est cool la Vierge. Je ne sais pas si je t'ai raconté, mais la dernière fois je suis entrée dans une église pour m'abriter de la pluie et j'ai eu envie de prier. Tout le monde priait et je trouvais que ça avait l'air bien, alors j'ai prié aussi et j'ai même pleuré en priant parce que je ressentais quelque chose... On devrait prier ensemble une fois, t'en penses quoi? Non, ça ne te dit rien... Et arrête avec ce sourire, ne te moque pas de moi, je suis sincère, j'ai bien aimé prier.

Enfin bon, je suppose qu'aujourd'hui ce n'est pas le bon jour pour te parler de Dieu. Mais j'aurais aimé venir en Israël et voir Jérusalem... Ça va être compliqué dans les prochains temps, il va y avoir la guerre... D'ailleurs, tu as vu les syndicats étudiants? Ils commentent en direct l'avancée de la « résistance palestinienne », c'est des cons. Tu n'aurais peut-être pas dû dire aux étudiants de la licence que tu avais des proches en Israël, ils vont être méchants avec toi, c'est sûr, ils vont même te harceler. Oh, vu ton regard, ils ont déjà dû commencer. Si tu veux on ira leur péter la gueule... Je t'ai dit que je faisais de la boxe? Enfin, c'est surtout moi qui me fais péter ma gueule, mais bon, c'est l'intention qui compte...

Elle a continué de parler et j'essayais de la remercier des yeux, parce que j'avais du mal à ouvrir la bouche. Elle a souri et je crois qu'on n'est rien sans nos amis.

Ahmed, le gardien de la résidence, nous a rejointes sur la terrasse. Il venait arroser les plantes. En me voyant, il a été tout content, parce qu'on est bons amis. Il a une soixantaine d'années et j'aime bien les gens de soixante ans, ils ont passé l'âge d'être malveillants et de juger les autres – sauf quand ils sont aigris, mais Ahmed n'est pas aigri. Il se montre toujours très gentil et réconfortant.

— Comment tu vas ? il a demandé.

— Bof.

— Oui, je m'en doute… Tes proches vont bien ?

— Oui.

— Alors c'est le principal.

Avec Ahmed, on avait discuté un soir, parce qu'il lisait *Lettre d'un ami israélien à un ami palestinien* et que je voulais le lire aussi. On avait parlé du conflit, puis on avait parlé de nous – on se trouvait plus intéressants que la guerre. Il venait du Maroc, comme mes grands-parents. Arrivé à Paris pour étudier l'anthropologie, il avait fait un doctorat et il aurait même pu devenir professeur d'université si son père n'était pas tombé malade. Il s'était limité à quelques petits boulots par-ci par-là, à faire un peu de politique au parti socialiste et à s'occuper de sa famille. Il avait trois enfants qui faisaient tous des études scientifiques et commerciales ; ils deviendraient sûrement riches, mais il aurait aimé les voir lire et écrire. Pour lui, il n'y avait rien de plus important que lire et écrire.

— J'espère qu'il ne va pas y avoir des tensions entre juifs et Arabes à cause de la guerre… Je t'ai déjà raconté qu'au Maroc les juifs et les musulmans étaient proches ?

Il m'avait déjà raconté, mais je l'ai écouté, parce que les périodes de guerre plongent toujours les hommes dans leurs souvenirs et leurs regrets. Ils ont l'impression qu'ils ne peuvent plus se tourner vers l'avenir, alors ils se tournent vers le passé et ça les réconforte un peu.

— Les juifs n'auraient pas dû partir en Israël ou en France. Ils auraient dû rester au Maroc. Ils ont tout perdu en partant.

J'ai approuvé de la tête, même si je ne crois pas que les juifs étaient si bien que ça au Maroc. Dans les années 1960, l'antisémitisme était très fort et les juifs n'étaient plus en sécurité dans le pays. Il est vrai que, par rapport aux autres pays du Maghreb, ils bénéficiaient d'une protection du gouvernement, mais en même temps une loi interdisant leur émigration avait été promulguée, et ça les inquiétait.

En 1961, l'émigration fut de nouveau autorisée et beaucoup de juifs quittèrent le pays, sans rien avoir le droit d'emporter avec eux. Mon grand-père me racontait qu'à l'époque une propagande sioniste invitait la communauté juive du Maghreb à s'installer en Israël, en leur vendant du rêve. Certains de ses proches se firent avoir. À leur arrivée en Terre sainte, ils ne trouvèrent que des tentes plantées au milieu du désert. Ce fut la désillusion : tout était à construire.

Un des plus grands films d'Israël relate cette histoire : *Sof Haolam Smola*, « Le bout du monde à gauche » – une expression pour désigner les coins perdus où on n'a pas envie d'habiter. Mais les juifs du Maghreb s'y sont quand même installés parce qu'ils n'avaient pas le choix.

Ahmed a dû sentir que j'avais décroché et il a changé de sujet :

— Tu devrais lire. Ça va te faire du bien de lire, ça va te réconforter.

Il m'a tendu son livre du moment, *Le Monde d'hier* de Stefan Zweig.

— Tiens, je te le prête, je l'ai déjà lu deux fois.

L'ouvrage était recouvert d'un film transparent, on sentait bien qu'Ahmed avait soixante ans. Il l'avait annoté en arabe et souligné certaines phrases ; ça donnait l'impression que le livre racontait deux histoires. J'ai parcouru la préface par curiosité et je me suis moquée :

— Donc ça, c'est censé me réconforter ?

Il a hésité.

— C'est vrai que Zweig avait déjà décidé de se suicider quand il l'a écrit... Mais bon, ça va te plaire.

Je l'ai remercié et j'ai rangé le livre dans mon sac. C'est toujours rassurant de savoir qu'on peut lire. Quand j'ai quitté Israël pour venir m'installer en France, j'ai rempli ma valise de livres. J'ai même emporté plus de livres que de vêtements parce que j'ai moins peur de la nudité que de la solitude.

— Tes parents, a demandé Maria, ils étaient d'accord pour que tu viennes en France étudier la littérature ou tu as dû les convaincre ?

J'ai souri, comme chaque fois que je pense à ma famille. Mes parents m'avaient laissée partir. Ils avaient aussi pleuré tout le premier mois où j'étais à Paris.

À l'aéroport, ma mère agitait un doigt menaçant. « Tu fais ce que tu veux de ta vie. Mais si à trente ans tu n'arrives pas là où tu as envie d'être, je vais me fâcher fort. » J'avais répondu que je l'aimais aussi et j'étais partie, sous pression tout de même parce qu'elle se fâche vraiment fort.

— Ils étaient d'accord. Mais il me reste neuf ans pour être une grande écrivaine, une grande journaliste et une grande voyageuse.

Maria a ri.

— Dans le fond, tu l'es déjà... C'est juste que personne n'est au courant.

Elle s'est absorbée dans la contemplation de la

ville, comme chaque fois qu'elle rêve grand. Elle s'imaginait. Parmi ces appartements, lequel ferait un bon atelier d'artiste ? Dans quel arrondissement exposerait-elle ses premières photographies ou quel théâtre verrait ses premiers pas ? Je rêvais avec elle et me suis projetée dans un salon littéraire, en train de dédicacer, et même que, de toutes les écrivaines, j'avais la plus belle allure. Ahmed nous observait, attendri. Sûrement qu'à notre âge il rêvait aussi.

On a eu froid et on a décidé de rêver ailleurs, dans nos chambres qui étaient plus douillettes. J'ai dit au revoir à Maria et à Ahmed et je me suis préparé un chocolat chaud, avant de me pelotonner sous ma couverture. J'ai commencé à lire *Le Monde d'hier* de Stefan Zweig et j'ai voulu écrire le monde de demain, à cause de mon âge.

J'ai pensé aux causes qui me tenaient à cœur parce que j'aime bien me battre pour des causes, ça réduit l'impuissance. On a l'impression de vivre pour quelque chose.

Le droit des minorités, par exemple. Dès qu'une minorité se fait attaquer, peu importe laquelle, je me sens aussitôt visée. C'est mon côté égocentrique, je rapporte tout à moi. Je nous aimais bien, les minorités, mais je nous en voulais un peu aussi, de nous détester entre nous, d'avoir des clichés sur les autres et, pire, sur nous-mêmes. De nous penser moins bien qu'on ne l'était vraiment, de ne pas nous autoriser à rêver trop grand – ou bien seulement pour de faux, seulement entre amis, seulement le temps de rigoler un peu. On n'était pas à armes égales avec les autres, il y avait comme un monde à côté qui n'était pas le nôtre, qui ne serait jamais le nôtre ; on ne pouvait que rester à notre place, celle décidée à la naissance, et, même en se battant de toutes nos forces, c'était perdu d'avance... Enfin. Tous les minoritaires ne pensent pas comme ça et je stigmatise un peu. Mais maintenant que je ne suis plus de gauche, je peux me le permettre.

J'ai cherché d'autres causes à défendre parce que les malheurs ne manquent pas, et j'ai pensé aux animaux. J'aime bien les animaux parce que même s'ils mangent les humains parfois, ce n'est ni à cause de leur nationalité, ni à cause de leur couleur de peau, seulement parce qu'ils ont bon goût et il ne faut pas le prendre personnellement. On devrait plus s'inspirer des animaux...

Les arbres aussi me tiennent à cœur : ils ne font jamais de mal à personne, les arbres, au contraire, ils nous protègent. Mais on les coupe quand même et le pire c'est qu'en faisant cela on se tue nous-mêmes – comme je l'ai déjà dit, je ramène tout à moi.

J'ai voulu trouver d'autres causes pour demain, mais j'ai un trop petit cœur pour le monde entier – c'est trop grand le monde entier – et j'ai repensé au Proche-Orient. J'y revenais toujours, au Proche-Orient.

Que se serait-il passé si, dès le début, le monde avait pris les bonnes décisions ? S'il avait fait pression pour qu'il y ait un État palestinien, un État israélien, et la reconnaissance des deux par le reste du monde ? S'il était intervenu dès le commencement des guerres et contre les territoires occupés, s'il avait empêché qu'on se fasse autant de mal ?

En arrivant en Israël en 2016, je m'étais disputée avec ma famille sur le sujet. À cette époque, ils étaient d'accord avec la politique de Benyamin Netanyahou. J'avais protesté : « Tant de morts pour des territoires ? Mais qu'on leur rende ! À la base on était d'accord pour n'avoir qu'un petit bout de terre ! Peu importe qui a tort ou raison, dans notre religion, le plus important c'est la vie non ? »

J'avais même ajouté un peu d'Histoire pour montrer que j'étais cultivée :

— À la Première Guerre mondiale les Britanniques avaient promis aux Palestiniens l'indépendance ! C'est normal qu'ils n'aient pas voulu qu'on nous donne un État… Mais aujourd'hui, la seule solution, même pour notre sécurité à nous, c'est que les Palestiniens aient leur indépendance. C'est à nous de tendre la main, il n'y a personne d'autre pour le faire. Ils ont un gouvernement pourri, ils vivent dans la misère. À la moindre attaque, Israël réplique dix fois plus fort... Vous confondez la honte et la force. La honte, c'est de tuer. La force, c'est de tendre la main. Alors qu'on leur tende la main et qu'on fasse la paix !

J'étais fière de moi, j'avais bien parlé. Je croyais qu'ils ne trouveraient rien à répondre.

Mais ils avaient répondu.

Ils avaient dit que, plus que tout le reste, Netanyahou assurait la sécurité ; que je n'avais pas connu les terrasses en sang, les attentats dans les bus, les proches décédés dans les guerres israélo-palestiniennes, que je n'avais pas connu l'antisémitisme non plus. Ils avaient rappelé la France et l'Europe, les insultes, les cimetières profanés, les agressions et les attentats. Enfin, ils avaient parlé de la Shoah.

Là, ils s'étaient arrêtés. Ils n'étaient pas remontés plus loin dans l'Histoire, soixante et onze ans suffisaient à leur conclusion : « Il y a eu assez de morts. »

À cet instant, ils s'étaient rendu compte que je pleurais et une tante avait haussé des sourcils étonnés :

— Pourquoi elle pleure ?

Maman s'était mise à crier et à gronder tout le monde en disant qu'ils devraient être fiers de moi plutôt que de me balancer toute la souffrance du peuple juif à la tête.

Alors papa m'avait félicitée :

— Je suis fier que tu sois de gauche ma fille.

Tout le monde avait acquiescé et m'avait fait plein de compliments.

Moi, je continuais de pleurer parce que mon espoir en prenait un coup, parce qu'arabes et juifs on était des peuples qui souffraient beaucoup et comment il pourrait y avoir la paix avec tant de tristesse ?

Enfin... J'en voulais au monde de laisser le Proche-Orient saigner. J'aime bien en vouloir au monde d'ailleurs, ça permet de pardonner aux gens.

Soudain, mon téléphone a sonné et la guerre m'a sauté à la figure parce que Netanyahou, qui assurait la sécurité, ne l'assurait pas tant que ça. J'ai eu un coup d'effroi en voyant le nom s'afficher : c'était Shira, une amie israélienne qui avait été ma commandante durant mon service militaire. Je savais déjà que ce serait une mauvaise nouvelle, qu'elle m'apprendrait un drame. Plus tard, je sursauterai souvent en entendant mon téléphone sonner : à chaque fois, j'aurai peur qu'on m'annonce la mort.

J'ai décroché, mon amie hurlait. Je n'arrivais pas à comprendre ce qu'elle disait parce qu'elle s'emmêlait dans les mots, qu'elle parlait en hébreu sans articuler, qu'elle répétait des phrases qui n'avaient pas de sens. Puis j'avais cette boule dans la gorge et dans le ventre qui m'empêchait de tout saisir, j'avais peur de l'entendre, j'étais terrifiée et, sans même comprendre ce qu'elle m'annonçait, j'avais envie de hurler.

Au fur et à mesure, je captais des bribes de phrases ; elles étaient toutes mortes, toutes les guetteuses de la chambre des opérations de Nahal Oz, parmi elles des soldates dont elle était l'officier avant d'être libérée de l'armée… Les terroristes étaient entrés, ils avaient jeté une bombe et les avaient toutes tuées… Elle se sentait coupable, coupable d'avoir quitté l'armée plusieurs mois avant le drame, coupable de ne pas avoir été avec elles… C'était juste trop dur, elle n'arrivait pas à tenir et elle ne tiendrait pas, elle avait trop mal… Elle rentrait dans les détails, de manière obsessive, elle me racontait les massacres, elle me parlait de cette fille cachée dans un placard, de ces commandantes en position de défense avec leurs armes, mais on leur avait jeté une bombe dessus, et elles étaient toutes mortes, et elle hurlait, avec des larmes, de la peur, de la détresse et de la folie dans la voix.

Moi je tremblais et je n'arrivais pas à me calmer. J'étais glacée parce que guetteuse était le poste que j'occupais durant mon service militaire. C'était aussi celui que ma sœur aurait dû occuper. Elle y avait échappé de justesse, grâce à ma mauvaise réputation. Le jour de son enrôlement, elle avait dit aux officiers : « Je ne veux pas être guetteuse, ma sœur l'était et ça s'est mal passé. » Ils avaient vérifié et, en comprenant que la sœur c'était moi, ils lui avaient assigné un autre rôle, sans même l'envoyer en prison militaire, comme c'était habituellement le cas lorsqu'on défiait l'autorité.

Sinon, elle aurait pu être là-bas. À Nahal Oz.

J'ai essayé de maîtriser ma propre détresse pour calmer celle de Shira. Je lui ai demandé si elle était seule, s'il y avait quelqu'un auprès d'elle, si un proche pouvait la rejoindre, mais elle ne m'écoutait pas, enfermée dans sa douleur. Elle hurlait « *Ad mataï?* ». Cette expression symbolique en hébreu qui signifie « Jusqu'à quand ? ».

4

Jusqu'à quand?

« Jusqu'à quand? » était la question des mères juives durant les guerres, lorsque leurs enfants se faisaient tuer.

« Jusqu'à quand? » Jusqu'à quand la guerre, la mort, le deuil et la souffrance? Jusqu'à quand les jeunesses brisées, les enfants envoyés au front pour mourir ou pour tuer? Jusqu'à quand la haine, jusqu'à quand la colère, jusqu'à quand la peur, l'insécurité et les vies abîmées?

Ce cri de désespoir, c'était supplier la paix d'arriver.

Nous, à l'armée, on reprenait la question avec légèreté. Avec insolence, en se plaignant, en râlant. « Jusqu'à quand va durer ma garde? », « Jusqu'à quand je serai soldate? » On avait envie de danser, d'aller aux fêtes, à la mer, de profiter du soleil, de nos familles, de nos amis. Passer deux ans à servir le pays, c'était trop long, trop éprouvant, on se sentait prisonniers. Alors on se questionnait : « Jusqu'à quand ? » On passait même cette musique provocante, le rap d'un jeune chanteur israélien dont c'était le refrain, et on reprenait à tue-tête « Jusqu'à quand ? Jusqu'à quand ? »

Nos supérieurs nous tançaient. C'était la question des mères endeuillées, on devait faire preuve d'un peu de dignité, ne pas danser dessus, ne pas chanter dessus, ne pas se plaindre et surtout être exemplaires, être héroïques, oublier qu'on avait dix-huit ans et se rappeler qu'on portait sur nos épaules un pays entier, plus qu'un pays, le refuge du peuple juif.

Parfois, « Jusqu'à quand ? » était plus douloureux qu'il n'y paraissait.

Quand les militaires ne tenaient plus, quand ils étaient poussés à bout, qu'ils posaient le canon de leur arme un peu trop près de leur bouche, « Jusqu'à quand ? » présageait le suicide, avertissait d'une mort qui approchait trop vite.

Lorsque les soldates israéliennes étaient attouchées sexuellement, lorsqu'elles étaient prostituées de force par les officiers ou les grands généraux, « Jusqu'à quand ? » restait dans la gorge, un appel à l'aide que personne n'entendait – le viol est secondaire quand on a un pays à protéger.

Quand les crises d'angoisse se succédaient,

quand les soldats culpabilisaient de leur fragilité, que leur moralité se heurtait à la structure de l'armée, « Jusqu'à quand ? » devenait une prière à leurs parents : rappelez-nous que nous sommes des enfants.

Quand le cerveau des soldats s'échappait, quand en entendant une moto ils repartaient au front, qu'ils confondaient les feux d'artifice avec les bombes, hurlaient « Je n'ai pas peur ! » en tremblant de tous leurs membres, « Jusqu'à quand ? » résonnait comme « Trop tard ».

« Jusqu'à quand ? » c'était surtout un cri commun, un cri qui nous liait aux Palestiniens – que certains appelaient familièrement « cousins ». Le cri des peuples, des impuissants, des civils à la merci de leurs dirigeants. Qui provoquait des manifestations, contre le gouvernement israélien et contre le Hamas. Qui unissait femmes israéliennes et femmes palestiniennes, les poussait à militer, à se battre pour la paix. Qui incitait des soldats à désobéir, à refuser de s'enrôler. À se laisser enfermer en prison militaire pour des idées, pour aimer trop fort deux populations, pour leur espérer un avenir meilleur.

« Jusqu'à quand ? » sonnait comme « Plus maintenant ! ». C'était un cri de défi, c'était affirmer aux haineux : « Ce ne sera pas notre monde. » C'était hurler la paix, même sans personne pour écouter.

Et quand on est jeune – juif de surcroît – on se doit d'espérer.

Mais on était le 7 octobre et Shira n'était plus jeune. Lorsqu'elle hurlait « Jusqu'à quand ? », il n'y avait pas d'espoir, seulement la douleur.

À l'autre bout du fil, je ne savais pas quoi lui dire. J'ai tenté de la réconforter, mais je crois que j'ai été maladroite. Je suis souvent maladroite quand je parle. Quand je mets la table aussi, bien sûr, mais c'est moins grave, la vaisselle il y en a plein, les amis c'est plus rare... Heureusement, elle ne m'en tenait pas rigueur. Elle voulait une oreille, la bouche était accessoire.

Je l'ai écoutée sangloter pendant une heure. Elle a reparlé des guetteuses, mais aussi du pays en général et de ce qui se passait là-bas :

— Tous les garçons sont appelés au front, tous sans exception ! Ils y vont avec fierté, ils n'ont même pas peur de se faire tuer. Même ceux qui vivent à l'étranger, qui ont quitté Israël depuis longtemps, cherchent un vol pour venir, pour s'enrôler et combattre. Les vieux vont organiser des collectes d'argent et de vêtements pour les soldats. Ils donneront de l'argent, ils donneront des vêtements, ils diront que c'est de la solidarité, de l'amour, mais ils vont les envoyer mourir. Avec des vêtements et de l'argent.

Même les soldats israéliens se tuent entre eux. Mon amie a perdu son frère parce que Tsahal l'a pris pour un terroriste. Ils l'ont abattu. Des soldats israéliens ont pris un autre Israélien pour un terroriste et l'ont abattu. C'était pas un terroriste. C'était le frère de mon amie.

Les pacifistes du kibboutz ont été tués. Le Hamas est entré dans leurs maisons pour les tuer. Et tu sais ce qu'ils diront ces connards d'extrémistes aux pacifistes rescapés ? Ils diront que ça leur apprendra à croire en la paix, que ça leur apprendra à aider les Palestiniens… Pire, ils diront que c'est à cause d'eux les attentats, parce qu'ils ont fait entrer des Palestiniens en Israël… Les pacifistes sont détruits. Les pacifistes ont été tués. Plus personne ne croit en la paix. Le pays est en train de changer, le pays se transforme, ce ne sera plus jamais pareil… J'ai peur de ce que je ressens. J'ai peur de ce qu'on ressent tous. J'ai peur de ce qui se passe. Tout le monde va mourir. J'ai peur…

Elle a continué de pleurer et d'avoir peur, mais au fur et à mesure elle se calmait un peu, passant à des choses plus triviales, sa patronne qui était idiote ou la tache qu'elle venait de faire sur sa robe. Parfois on ne peut se rattacher qu'à la futilité. Son père est arrivé et elle a raccroché.

Mon chocolat était froid. Je me sentais minuscule et impuissante. Les souvenirs de mon service militaire me sautaient à la tête et je n'arrivais pas à les refouler. Plutôt que de penser au drame qui venait d'avoir lieu, plutôt que de penser à l'état de Shira, je pensais à moi, aux petites joies et aux petits drames que j'avais vécus lorsque j'étais soldate. Les premiers jours de classes, quand on nous apprenait à tirer avec une arme et que nos mains tremblaient en pressant la détente, parce qu'on utilisait un objet qui pouvait tuer. La fois où nos supérieurs nous avaient réveillés à quatre heures du matin pour qu'on aille courir plusieurs kilomètres au milieu du désert, sous la Voie lactée, en chantant des hymnes de guerre, et l'euphorie qu'on avait éprouvée. La remise des bérets au lever du soleil, ma commandante qui m'avait légué le sien les larmes aux yeux, l'*Hatikvah* qu'on avait chantée tous ensemble et l'émotion qui montait parce que c'était la promesse la plus sincère qu'un juif puisse faire, celle d'espérer.

Puis mes débuts en tant que guetteuse : je contrôlais les vidéos prises par les caméras de surveillance postées à la frontière égyptienne. Je devais détecter les événements anormaux ou potentiellement dangereux. J'avais surtout affaire à des trafiquants de drogue. À force de les observer, j'ai appris les ficelles du métier et c'est toujours bien quand on étudie la littérature, d'avoir un plan B.

Ensuite, mon service militaire s'est assombri. Les soldates plus anciennes bizutaient les nouvelles, les supérieures et les officiers jouaient de leur pouvoir, quelques femmes attouchaient sexuellement d'autres femmes, quelques hommes promettaient de meilleurs rôles aux soldates en échange d'une nuit dans leur chambre, on me discriminait parce que j'étais française, on se moquait de mon accent, les gens changeaient très rapidement de statut, mes amies devenaient commandantes du jour au lendemain et n'étaient soudain plus mes amies, elles me traitaient comme une moins que rien et c'est fou qu'un peu de pouvoir change autant les gens.

Parfois aussi, la guerre nous rattrapait : un soldat de notre base, gravement blessé au front, est resté une semaine entière entre la vie et la mort. Tous les membres de la base militaire se sont réunis et ont prié Dieu du matin au soir pour qu'Il l'épargne. Les femmes ont fait la « *Hafrachat'Halla* », des bénédictions qu'on récitait en prélevant un morceau de pâte pétrie au préalable. Elles avaient dix-huit ans, n'avaient jamais combattu, ni fait aucune faute ; Dieu aurait dû les écouter... Il ne l'a pas fait. Barel est décédé le 27 décembre 2021.

Ce fut ma première dispute avec Dieu.

J'étais souvent convoquée au tribunal militaire pour m'être un peu amusée, avoir été étourdie, fait preuve d'empathie, ou simplement pour avoir décidé de ma vie. « Tu t'es sauvée de la base pour aller à la plage », « Tu as nourri des soldates alors qu'elles étaient privées de repas », « Tu as cligné des yeux durant ta garde », « Tu as rendu visite à une soldate punie », « Tu as défendu ta camarade face à un officier », « Tu t'es endormie pendant une formation », « Tu refuses d'effectuer ton rôle depuis déjà deux semaines », « Tu as déserté deux jours entiers »... Les punitions variaient : on m'interdisait de rentrer à la maison pendant un mois, on me privait de repas, de temps de repos ou d'heures de sommeil, on annulait mes vacances...

À mon dixième procès, on décida de me virer de l'armée. À cause de mon trop-plein de bêtises ou peut-être aussi à cause de mon trop-plein de détresse. Je ne sais pas vraiment. Quand je me sauvais de la base la nuit, que je courais sur l'autoroute pour rejoindre la gare la plus proche, que mes supérieures me couraient après, qu'elles me rattrapaient et me ramenaient à l'armée, je faisais aussitôt une crise d'angoisse : mon corps restait, mais mon âme se barrait et c'était bien fait pour Tsahal, j'étais libre de la tête.

À cette époque, j'allais tellement mal que je voulais même mourir parce que j'avais trop de tristesse pour pas assez de larmes. Mais finalement, je n'ai rien fait. Si je m'étais tuée, mes parents m'auraient tuée.

J'ai bu une gorgée de mon chocolat froid. J'ai regardé mon livre puis ma bibliothèque. Mais la littérature ne me réconfortait plus… Au contraire, j'étais en colère contre elle. Et en colère contre moi aussi. D'avoir cru que la vie était dans les livres, alors qu'elle est précisément là où on a oublié de l'écrire, quelque part dans le monde réel, entre la pourriture et la tristesse. De ne pas avoir senti que l'amour et l'humanité, ce n'était que du vent, que la vraie odeur du monde était celle de la haine, celle de l'égoïsme, celle de la lâcheté et de la médiocrité… De ne pas avoir compris plus tôt que la « belle littérature » était à côté de la plaque. Que les grands auteurs n'étaient que des petites gens. Que leurs romans, c'est parce qu'ils étaient impuissants. Que leurs mots, ce n'était que du bricolage… Et moi, j'en avais plus qu'assez, du bricolage.

Mon téléphone a vibré. C'était Léa, une amie de l'université, juive aussi. Elle m'envoyait des psaumes pour guérir les blessés israéliens parce que la prière est la seule invention qu'on ait trouvée pour combler l'impuissance. J'ai eu envie de l'insulter.

Enfin, elle vivait en France et toutes les informations ne lui étaient pas encore parvenues. Elle n'avait pas de proches en Israël pour lui décrire l'horreur. Elle ne pouvait pas savoir… Elle ne pouvait pas savoir que son Dieu Tout-Puissant était impuissant, que son Saint des Saints avait du sang sur les mains, que le Créateur créait des tueurs, qu'Il était Éternel mais rendait la vie éphémère, que le

Juste était injuste, que Celui-qui-entend-tout restait sourd aux lamentations, que Celui-qui-voit-tout était aveugle aux larmes… Qu'Il regardait de son trône les petits hommes souffrir, s'entretuer, perdre leurs proches, s'écrouler, et qu'Il n'intervenait pas, qu'Il regardait juste. Qu'Il semait la peine et la misère dans le cœur des gens, qu'Il l'arrosait avec la colère et la solitude, qu'Il laissait pousser la malveillance, germer la haine, qu'Il nous rendait tous égoïstes et malheureux, avec une douleur au cœur qui donnait envie de crever, qui donnait envie de prendre le premier avion pour Le rejoindre, de jeter les armes et de tout abandonner, parce que c'était trop dur, parce qu'on ne tenait pas, et Lui il n'intervenait pas, Il regardait juste… Les croyants, on a quand même un drôle de Père.

Enfin, je ne l'ai pas insultée. Ce n'était pas de sa faute, elle ne pouvait pas savoir.

Plutôt que de lire des psaumes, j'ai proposé à Léa de boire un café avec d'autres amis à nous ; j'avais besoin de voir du monde. Elle a accepté.

En sortant de la résidence, j'ai croisé Karine, une femme d'une cinquantaine d'années qui avait fui l'Ukraine, où elle enseignait la littérature, pour venir vivre à Paris, où elle était femme de ménage dans la boutique d'en face. On s'était rencontrées à la laverie : la machine avait avalé mes sous, mais sans laver mon linge, et ça l'avait fait rire. Depuis, elle me taquinait dès qu'on se croisait… Mais aujourd'hui, Karine n'était pas taquine. Elle était de mauvaise humeur à cause de l'inégalité hommes-femmes et elle m'a parlé de son collègue Patrick qui travaillait moins qu'elle, mais recevait tout de même un meilleur salaire. Elle s'en était plainte à sa patronne, sans succès. Elle ne savait pas quoi faire…

J'ai réfléchi à la question très sérieusement, parce que c'était un problème important et qu'il fallait le résoudre comme une politicienne. J'ai proposé une solution :

— Allez voir votre patronne et dites-lui que, si elle ne vous augmente pas, vous démissionnez. On est en 2023, on n'a plus le droit d'être sexiste. Criez-lui dessus, tapez du poing sur la table, dites-lui ses quatre vérités et rappelez-lui la loi.

Karine a un peu pâli parce qu'en général les politiciens sont moins directs et tournent autour du pot. Elle a demandé d'une petite voix :

— Mais si elle me vire ?

— C'est tant mieux, vous trouverez du travail ailleurs. Elle ne vous mérite pas.

Karine a pâli encore plus et elle a balbutié :

— Mais j'ai cinquante ans et des enfants à nourrir…

— Zut, oubliez tout ce que je viens de dire.

Parfois, j'oublie que les adultes ont des obligations, qu'ils sont moins libres que les jeunes, que lorsqu'on devient parent on vit d'abord pour son enfant.

J'ai réfléchi à une autre solution, mais je ne trouvais pas. Karine a souri, l'air triste. Elle a ouvert la bouche, comme si elle voulait me dire quelque chose, mais les mots ne sont pas sortis, à cause de l'émotion ou à cause de la langue, je ne sais pas. Finalement, elle a juste haussé les épaules, comme si ce n'était pas grave et qu'elle ferait avec. Et j'ai l'impression que plus on vieillit, plus on fait avec.

5

Le café

Tout le monde était déjà là : Théo et Julie qui étudiaient le cinéma, Léa et Noam en lettres comme moi. On avait sympathisé lors d'une manifestation contre la réforme des retraites – même si je suis moins sensible aux vieux, maintenant que je vois mieux le monde qu'ils nous laissent.

Julie était membre d'un syndicat d'extrême gauche et voulait faire la révolution. Elle militait comme si sa vie en dépendait et peut-être que sa vie en dépendait vraiment, parce qu'on ne lui laissait aucun avenir, seulement un monde de haine, de guerres, avec un climat qui se réchauffait trop vite et des inégalités qui s'accentuaient partout. Elle trouvait fou qu'il y ait autant d'injustices, que les hommes ne naissent pas réellement libres et égaux en droits, que ce soient juste des jolis mots. Que sur la terre, qui nous appartenait à tous, des gens se retrouvent illégaux à cause des frontières, à cause de personnes un peu plus puissantes qui en avaient décidé ainsi. Elle en avait marre de voir des hommes dormir dans la rue, dans le froid, et qu'on s'y habitue, qu'on s'habitue à la précarité, qu'on s'habitue à la haine, qu'on s'habitue à la souffrance et qu'on s'en fiche au fond.

Elle avait même peur d'avoir des enfants. Elle en voulait, parce qu'elle avait trop d'amour à donner, mais qu'est-ce qu'elle leur offrirait ? On courait à la catastrophe avec le réchauffement climatique, la montée du fascisme, la guerre en Ukraine, les drames au Proche-Orient, que ce soient les Iraniens, les Syriens ou les Palestiniens... Elle militait beaucoup pour les Palestiniens, elle rêvait de les voir indépendants.

Mais aujourd'hui, elle avait des proches en Israël, des proches peut-être décédés et aucun camarade pour la soutenir, pour compatir, pour lui demander comment elle allait.

— Je n'ai plus de nouvelles de mon oncle, elle a murmuré. On pense qu'il a été tué... J'ai voulu en parler à des amis, je croyais que c'étaient des gens de confiance... Ils m'ont répondu que les juifs, on se victimisait toujours pour rien.

Sa voix tremblait.

Théo s'est indigné :

— Les gens sont inhumains ! J'ai parlé avec un

copain de fac de l'attaque du festival, il m'a répondu que c'était mérité... Que c'était mérité!

L'incrédulité se lisait dans ses yeux, il était sidéré par ce manque d'empathie. Jusqu'ici aucun d'entre nous ne savait que les juifs étaient haïs à ce point.

— Je vais en faire un film, il a décidé.

Il s'est senti un peu mieux. Pour Théo, le cinéma, c'était un moyen de composer avec la vie, de ne pas l'affronter de plein fouet. Les malheurs, il les voyait arriver de loin et pouvait les aborder d'un autre angle, zoomer la paix et flouter le reste. Il disait qu'avec un bon objectif on trouvait de la joie même dans la pire des peines.

— Si tu as besoin d'un coup de main, a proposé Julie, je suis bénévole.

Théo l'a remerciée de la tête. Il a vidé sa tasse de café d'un trait et il a soufflé:

— C'est fou tout de même, tous ces étudiants qui soutiennent le Hamas. S'ils n'ont pas de respect pour les juifs, qu'ils en aient au moins pour la communauté LGBT ou pour les femmes. Il n'aime personne, le Hamas, pas même les Palestiniens. Leur mot d'ordre aujourd'hui, c'est de tuer le plus de juifs possible...

— Quand on est étudiant en lettres, est intervenu Noam, on s'identifie plus facilement à des hippies défoncés qui dansent à une rave party qu'à des terroristes qui massacrent des gens et dansent sur les corps ! S'ils étaient nés en Israël, ils y seraient allés, à la rave party !

Il s'est mordu les lèvres comme s'il se retenait de pleurer.

Léa ne participait pas à la conversation. Les yeux baissés, elle se contentait de boire son café à petites gorgées. Elle me jetait un coup d'œil de temps en temps parce que j'étais silencieuse aussi et que dans le silence on se comprenait. Tout allait tellement loin qu'on n'avait pas les mots. On sentait que quelque chose de grave se passait, qu'on était à un tournant, qu'il y aurait un avant et un après, et c'était terrifiant.

Noam, dont le regard s'était encore assombri, nous a regardés longuement avant de dire :

— Aujourd'hui, j'ai envie de me couper du monde.

Il a marqué une pause.

— Je vous le dis sérieusement. J'ai envie de me couper du monde, de m'en éloigner, de l'inhabiter. Je vous parle, mais j'ai l'impression que je ne suis pas vraiment là, comme si j'étais mort du dedans et que je faisais juste semblant. Je n'arrive pas à penser, mon cerveau est dans le flou, dans le brouillard. Je ne sais pas quoi faire, je ne sais pas ce que j'attends comme aide. Le monde est irrespirable et, pour survivre, j'oublie de respirer. C'est comme s'il y avait une bulle, une barrière entre les autres et moi, que je n'avais plus le droit de vivre trop loin, d'avoir mes propres sentiments et des pensées qui soient les miennes. Je ne peux pas me permettre d'être moi. J'ai l'impression qu'il faut que je cesse de m'appartenir, que je cesse d'être là... Qu'il faut que je joue un rôle ou que je ne le joue pas, que je ne joue rien du tout, mais au moins que je me taise, que je cesse de crier ma peine, mon angoisse pour mes proches... Et que j'ai besoin de soutien.

Sa voix a tremblé.

— C'est fou, hein. C'est fou que la peine des juifs, elle soit à ce point indécente. Qu'elle soit toujours de trop. Qu'elle soit toujours dérangeante. On n'aura le droit d'exister que le jour où on aura tout détruit de notre judéité.

Il a tripoté sa tasse pour se donner une contenance. Julie lui a caressé l'épaule. Il y a eu un silence et on l'a juste soutenu avec nos regards.

On venait de comprendre ce que ça voulait dire être juif. Un juif, il n'était jamais à sa place nulle part, il était toujours de trop, peu importe l'endroit, peu importe l'environnement. Même auprès de jeunes qui étudiaient la littérature ou le cinéma, qui étaient pleins de bons sentiments pour le monde entier, un juif restait un juif et il était haï parce que juif. Ses drames réjouissaient les autres, sa mort réjouissait les autres. Ou, dans le meilleur des cas, elle indifférait ; un juif de plus ou de moins dans le monde, ça ne changeait pas grand-chose à la vie, c'était accessoire, anecdotique. Les vies juives, dans le meilleur des cas, elles étaient anecdotiques. Il n'y avait personne parmi nos camarades pour entendre notre peine, pour nous écouter. Et lorsqu'on dirait plus tard « J'ai envie de mourir, je n'en peux plus de ma judéité », même les plus bienveillants répondraient « À Gaza, c'est pire », « Il n'y a pas que l'antisémitisme dans la vie », « Vous instrumentalisez l'antisémitisme. Vous ne parlez de votre peine à vous que pour taire celle des Gazaouis ».

Alors on se tairait, on garderait notre chagrin et notre envie de crever quelque part au fond de notre cœur, quelque part où personne ne pourrait les voir, parce que certains avaient décidé que l'humain n'avait pas assez d'empathie pour deux peuples, qu'il fallait forcément choisir, et qu'évoquer la douleur de l'un c'était nier la douleur de l'autre. C'est fou comme les antisémites sont doués pour vous retourner le cerveau.

Les juifs seraient dans une solitude complète. On aurait beau chercher une oreille, on n'en trouverait aucune. On serait obligés d'être irréprochables, n'importe quelle parole de trop suffirait à nous rendre haïssables. Un jour, je m'énerverais : « Je vais lui péter la gueule à cet antisémite de merde ! » Et des camarades de classe se ligueraient contre moi.

Quelle honte de menacer un antisémite! Ce n'est pas parce que des gens nous haïssent qu'on doit les haïr en retour! Subir la haine en silence serait quand même la moindre des choses.

Ils n'auraient pas un mot critique envers lui, ils se montreraient compréhensifs, lui trouveraient des excuses. Mais nous, les juifs, on n'aurait aucune excuse, on était juif et ce n'était pas pardonnable. On n'avait pas le droit à la colère, pas le droit aux larmes, pas le droit à la peine, pas le droit à la détresse, pas le droit à la joie non plus, pas le droit à un autre sentiment que celui de la culpabilité. Chacune de nos émotions serait indécente.

On finirait le cerveau cramé, on finirait par vouloir crever, on en voudrait même à nos parents de nous avoir légué leur judéité et qu'est-ce qu'on faisait encore dans ce monde, alors qu'on était haïs à ce point?

— Ça va? a demandé Julie.

Je suis retournée dans le café où la discussion continuait. J'ai hoché la tête, même si ça n'allait pas. J'ai recommencé à écouter ce qui se disait; il est plus agréable de déprimer ensemble que tout seul. Léa a bu une gorgée de sa boisson et elle a murmuré d'une voix faible:

— Même les amis issus de minorités nous haïssent. Alors qu'ils devraient savoir ce que ça fait.

Je n'ai pas répondu parce que je n'avais pas envie de la blesser. Mais Théo, qui a moins de tact, a ricané :

— Parce que c'est réservé à la majorité, la haine ?

Léa n'a rien répondu et il a poursuivi :

— Tout le monde hait tout le monde. La haine, c'est le sentiment le plus unanime, celui qu'on retrouve chez tous les hommes, chez les minoritaires et les majoritaires, chez les riches et les pauvres, les profonds et les superficiels, les jeunes et les vieux ; c'est le sentiment qui nous rapproche tous, qui touche chaque être humain, qui ne fait aucune distinction entre les nationalités, les sexes, les couleurs de peau et les religions.

Il a conclu d'un ton moqueur :

— La haine, c'est ce qui nous rassemble.

Julie a éclaté de rire. Elle a dit :

— C'est vrai que ça rapproche de haïr, on devrait se haïr plus souvent.

Noam a renchéri :

— Hais ton prochain comme toi-même.

Même Léa s'est prêtée au jeu :

— Le racisme est un humanisme !

On a sorti plein de bêtises du genre et on n'arrêtait pas de rire parce qu'on était désespérés.

Mais je sentais bien que, sous le rire, la colère montait et que ça ne s'arrêterait pas là. Qu'on exploserait tôt ou tard, que le militantisme ne deviendrait pas seulement un moyen de lutter mais un moyen d'exister, de dire que non, ce ne sera pas notre monde, qu'on avait le droit de vivre, qu'on avait le droit d'être respectés et que, si on n'avait pas la voix qui portait suffisamment, si on n'arrivait pas à crier notre peine, si elle restait coincée dans notre gorge sans que personne ne nous aide à la libérer ni ne s'efforce de l'entendre, on agirait quand même. Tant pis si ce n'était que du bricolage et que, dans le fond, ça ne changeait rien à la situation. Le bricolage avait son utilité, c'était affirmer aux haineux qu'on n'avait pas peur, qu'il y avait des choses qu'on n'acceptait pas, et je crois qu'à vingt et un ans on a passé l'âge d'être indifférents.

Avec Noam, Théo, Julie et Léa, on rejoindrait les groupes militants juifs, ceux qui luttaient contre la montée des haines en France et pour la paix au Proche-Orient.

Dans un premier temps, on collerait la photographie des otages israéliens dans les rues de Paris. Elles seraient vite arrachées, elles montraient des enfants kidnappés et pas des animaux disparus comme le voulait la mode de l'époque. On collerait également des affiches contre l'antisémitisme et l'islamophobie devant les universités qui ne tiendraient pas plus longtemps. On organiserait des conférences que très peu d'associations accepteraient de relayer :

« L'antisémitisme, c'est trop clivant en ce moment », « On est apolitique, on ne peut pas parler d'antisémitisme », « Ça va à l'encontre de nos valeurs éthiques et morales »...

Puis viendrait une réunion rassemblant une quarantaine d'enseignants, quelques élus étudiants, et les deux directeurs de mon département. Exceptionnellement, on m'autoriserait à y assister. Je raconterais les remarques antisémites dont les étudiants juifs étaient victimes : ceux qu'on traitait de youpins et de nazis, ceux qu'on menaçait de mort, les vieux clichés qu'on nous rabâchait : « Vous contrôlez les médias, on vous voit trop à la télé », « Vous avez de l'argent, vous êtes radins » ; les blagues sur la Shoah, le négationnisme : « La Shoah n'est qu'un détail dans la création de l'État d'Israël », « Le 7 octobre n'est qu'un détail dans l'histoire du conflit » ; ceux qui considéraient que les otages étaient des colonisateurs et soutenaient le Hamas ; ceux qui touchaient notre nez pour connaître la texture des « nez juifs » ; ceux qui évaluaient notre judéité d'après notre généalogie ; ceux qui tenaient des listes, faisaient la chasse aux sionistes et appelaient à leur destruction ; les quelques étudiants qui se revendiquaient néonazis, qui n'avaient plus honte de faire l'apologie d'Hitler et de Pétain... Toutes les filières étaient touchées : histoire, lettres, cinéma, sociologie, mathématiques, psychologie, chimie... Les étudiants juifs ne venaient plus en cours, ne parvenaient même pas à sortir de leur chambre, certains avaient des pensées suicidaires. Je leur parlerais des autres universités : des tentatives de suicide à Lille, des étudiants juifs tabassés à Strasbourg.

J'essaierais de les effrayer, de les alerter, de prouver par tous les moyens que je n'exagérais pas, que quelque chose d'anormal se passait, qu'il fallait se réveiller.

Je dirais : « Je vous en veux. Je vous en veux de ne pas voir la haine qui est en train de s'installer, de vous taire face à ce qui se passe, d'être indifférents. De ne plus voir certains élèves dans vos cours, sans vous en soucier, ou bien d'apercevoir des larmes, des crises d'angoisse, des visages ravagés, sans sourciller. Je vous en veux de ne pas aborder l'antisémitisme, de ne pas aborder l'islamophobie, de fermer les yeux sur le racisme, en croyant que l'ignorer c'est l'empêcher d'exister. Vous êtes trop âgés, vous avez trop de responsabilités, trop d'expérience, trop d'intelligence, pour avoir le droit à la lâcheté. »

Ils m'observeraient en silence, sans bouger, inébranlables. Ils écouteraient et ça leur passerait au-dessus de la tête. Ils resteraient bien figés dans leur costume de prof de fac, ils garderaient leur tête de prof de fac, certains prendraient un faux air outré de prof de fac, mais ils ne bougeraient pas d'un pouce, et aucun de mes mots n'arriverait à les secouer, aucun de mes mots n'arriverait à les inquiéter, à les faire frémir, à les faire réagir. Et je me demanderais comment ces profs qui donnaient des cours sur la Shoah, signaient des tribunes pour un monde plus juste, se pavanaient dans les médias en prônant paix et bienveillance, publiaient des prêches sur la tolérance... comment ces profs qui avaient étudié tant d'années et connaissaient les dangers de l'Histoire, savaient se montrer nuancés, incitaient les étudiants à être sensibles au monde qui les entourait, pouvaient être à ce point indifférents à ce qui se passait sous leur nez? Je crois qu'il n'y a pas plus poussiéreux qu'un prof de fac.

Après la réunion, un élu étudiant me prendrait à part. Il me connaissait d'avant, il faisait partie des antisémites de la fac. Il me toiserait de haut, comme les nobles dans les films – et j'ignorais qu'à vingt ans on pouvait déjà avoir ce regard. Il m'expliquerait calmement les choses, en détachant chaque mot du suivant, comme s'il parlait à une imbécile:

— Je n'ai pas aimé ta manière de témoigner. Tu es une manipulatrice et une menteuse, je vais te dénoncer au directeur du département. J'ai du pouvoir dans cette université et je vais faire tout mon possible pour te faire renvoyer.

J'essaierais d'abord la diplomatie.

— T'es qu'un petit con, casse-toi.

Mais il s'énerverait:

— Tu m'insultes alors que je te parle poliment ? Tu ne racontes que des bêtises, t'as un problème dans ta tête, t'es qu'une grosse folle, une hystérique !

Ça me rassurerait. À force de me sentir juive, j'en oubliais que j'étais aussi une femme, que tout ce qui sortait de ma bouche était forcément de l'hystérie et du mensonge, et c'était agréable de souffrir d'autre part.

Il continuerait de m'insulter et de me menacer, avec ses airs arrogants et supérieurs, en répétant qu'il dénoncerait chacun de mes mensonges, chacune de mes menaces, chacune de mes manipulations. Je le bafferais.

— Tu ajouteras cette claque à tes dénonciations.

Et je ne le recroiserais plus.

Viendrait ensuite la nuit du 24 novembre : on collerait des photographies de femmes israéliennes et de femmes palestiniennes dans les rues de Paris, accompagnées du slogan choc : « On vous croit. »

Le lendemain, on marcherait pour les femmes israéliennes violées, torturées et tuées par le Hamas, celles que les autres féministes avaient oubliées dans leur lutte parce que les sœurs juives sont d'abord des juives avant d'être des sœurs. Au bout d'une heure à peine, on serait dégagées de la marche pour notre sécurité, des gens voudraient nous agresser.

Je serais dépitée, humiliée, j'aurais mal au cœur qu'on n'ait pas le courage d'avancer, quitte à se faire tabasser, parce qu'il est des moments où les coups sont plus supportables que le silence. Je regarderais, déçue, ces femmes plus âgées que moi se résigner, lâcher leurs pancartes et quitter la marche. Je n'aurais pas de compassion pour elles, pire, je leur en voudrais, j'aurais honte de ma communauté qui n'arrivait pas à hurler, qui ne comprenait pas qu'une vie silencieuse, c'est déjà une mort et qu'on n'a pas le droit de laisser des gens nous chasser, même le temps d'une marche.

Enfin, c'étaient des mamans et peut-être qu'elles voyaient les choses différemment. J'aurais surtout honte de moi, de les juger autant.

Avec Julie, on rejoindrait le cortège des femmes palestiniennes – le second cortège dont on se sentait le plus proche. On photographierait des femmes qui elles aussi pleuraient leurs morts et un homme nous crierait dessus :

— Vous êtes les complices d'un génocide, vous n'avez rien à faire ici ! Dégagez espèces de nazies !

Moi, je tremblerais. Julie brandirait les poings pour se donner du courage.

Puis il y aurait cette femme à côté de nous, son drapeau palestinien sur les épaules, les traits tirés par la tristesse, avec sur son dos un poids qui était aussi le nôtre, une souffrance qui nous était commune. Elle se tournerait vers Julie et moi, le regard chargé de tendresse. Elle fixerait l'homme, lui crierait des insultes. La femme à côté d'elle en crierait à son tour. Et les autres femmes crieraient aussi. Elles seraient en tout une dizaine à crier, et leurs cris résonneraient, et ils s'élèveraient de plus en plus fort, tellement forts qu'ils feraient taire cet homme, qu'ils nous envelopperaient, Julie et moi, qu'ils nous donneraient du courage et de la force, qu'ils nous donneraient de l'espoir, pour le Proche-Orient, pour la France, mais aussi pour le monde en général, et au milieu de ces femmes aux couleurs palestiniennes on crierait aussi, on insulterait cet homme qui n'avait rien compris. Et je ne savais pas qu'en criant des insultes on pouvait autant appeler à la paix.

On irait plus tard, en janvier, au rassemblement de la paix. Il aurait lieu en même temps dans plusieurs villes du monde, avec des militantes israéliennes et palestiniennes, pour demander un cessez-le-feu immédiat et le retour des otages. Certains étudiants nous critiqueraient : « C'est pour les privilégiés la paix. Pour vous, les juifs ! »

Outre leur antisémitisme, ils ne connaissaient pas grand-chose à la guerre. Ils ne savaient pas ce que c'était que d'avoir des proches qui mouraient, d'avoir une partie de son monde qui s'écroulait, une partie de sa vie détruite. Ils n'avaient jamais eu à lire la liste des soldats décédés, avec le ventre qui se serre, en espérant qu'aucun nom ne leur soit familier. Ils ne comprenaient pas que la paix était un cri désespéré, que c'était vouloir en finir avec la souffrance. Dans leur grande solidarité avec les Palestiniens, ils en oubliaient que les Gazaouis étaient surtout de vraies personnes qui crevaient sous les bombes. Ils avaient tellement de recul et de bons sentiments qu'ils disaient qu'être pour deux populations, pour deux États, c'était trop faible ; se contenter de la paix, c'était se contenter « des miettes ». Et c'était drôle, cette immense empathie qui ressemblait fortement à de la haine.

Au rassemblement, on ne serait pas nombreuses, mais tant pis, il faut commencer avec un petit peu.

Je photographierais des femmes serrées les unes contre les autres, tenant à la main des panneaux en anglais, français, hébreu et arabe : « Paix », « *Shalom* », « *Salam* », « Justice », « Respect », « Humanité ». Une femme palestinienne témoignerait, je serais saisie par ses paroles et j'en oublierais de la photographier.

Je la raconte ici, les photos on peut les prendre à l'écrit.

Mme Ghadir Hani se tenait droite, parlait d'une voix forte, d'une voix tellement assurée que même moi je n'osais plus douter :

— Le jour du 7 octobre, il est gravé dans nos mémoires comme un jour de malheur et de catastrophe. Quand je me suis réveillée le matin, quand j'ai commencé à comprendre ce qui se passait, j'ai appelé mes amies juives dans les villages en bordure de Gaza. Au même moment, j'ai reçu des dizaines de messages d'amis palestiniens qui me demandaient si nos partenaires pour la paix allaient bien, s'ils étaient en sécurité. Puis on a appris que notre amie Vivian Silver avait été sauvagement assassinée dans sa maison, dans cette maison qui a accueilli tant de militants pour la paix. Celle qui nous servait d'exemple a été massacrée.

Sa voix a flanché un peu, mais elle a continué :

— Comment croire en la paix après de tels actes ? Ce qui s'est passé a tué l'espoir et le peu de convictions qui nous restait. Comment croire en la paix après ces trois mois de guerre ? Comment croire en l'humain après des dizaines de milliers de victimes ? La situation à Gaza me brise le cœur. Vingt-six mille personnes assassinées, dont dix-sept mille femmes et enfants. Soixante-dix pour cent de bâtiments détruits. Que feront tous ces orphelins ? Comment vont-ils survivre tous ces mois d'hiver ? Comment surmonteront-ils la faim, la soif, les épidémies, le froid, le désespoir et les traumatismes ? Le 7 octobre a déclenché une nouvelle génération de peuples traumatisés…

À cette phrase, j'ai frémi. Elle parlait de ma génération et je m'identifiais.

— Mais moi, je refuse de capituler. Je refuse de tomber dans le piège du désespoir et de la haine.

Même si je suis la dernière à rester, je continuerai de croire en la paix. Je ne suis pas seule, je représente de nombreuses personnes en Israël et en Palestine. Seule la paix mènera à la sécurité... Aujourd'hui, nos cœurs sont inquiets. Pour Noa Argamani, dont la mère qui agonise d'un cancer prie de voir revenir sa fille avant de mourir. Pour Musa Abu Khaled, onze ans, parti chercher une bouteille d'eau pour ses jeunes frères, et qui en rentrant chez lui a découvert qu'ils avaient tous été tués par une bombe.

Nous n'avons pas besoin d'un soutien aveugle et unilatéral. Nous avons besoin d'empathie. De l'empathie pour l'autre et pas seulement pour notre camp.

Car aucun d'entre nous n'a d'autre pays.

À ces mots, la foule a applaudi et j'ai fondu en larmes. Quelle phrase terrible. Les Palestiniens et les Israéliens, on luttait pour nos vies. On oublie trop souvent la vie derrière.

Une rabbin israélienne prierait pour la paix, dans trois langues différentes, pour maximiser ses chances auprès de Dieu. Ou pour l'universalité. Je crois qu'il y avait un peu des deux. Puis une femme supplierait : « Nous sommes des mères. Des mères endeuillées. Pensez aux mères. Je le crie à nos dirigeants, pensez aux mères ! »

Mais elle aurait beau crier, les dirigeants n'écoutaient personne. Et ça me mettrait un coup au moral, qu'on se fiche à ce point des mères.

Enfin... Aujourd'hui, nous étions le 7 octobre et au café, avec Julie, Noam, Théo et Léa, on ne pensait pas aux mères, on ne pensait qu'à nous-mêmes. On riait du monde haineux qui nous attendait parce que c'était notre seule arme de défense face à ce qui était trop grand pour nous. Puis les garçons et Julie ont dû partir et ils nous ont saluées, Léa et moi, en nous faisant des doigts d'honneur :

— On vous hait ! ils ont dit.

— On vous hait aussi ! on a répondu.

Et on a ri parce qu'on s'aimait bien.

6

Léa

Avec Léa, on a payé puis on s'est promenées parce qu'on n'avait pas envie de rentrer tout de suite. Les rues de Paris étaient désertes ; il faisait froid et les gens restaient chez eux. C'était agréable cet espace et ce silence, ça laissait de la place pour nos pensées. Moi, je regardais surtout Léa parce que je l'avais rarement vue aussi triste. L'année dernière, elle n'était pas juive. Enfin, elle l'ignorait. C'était une fille de sa classe qui lui avait annoncé la nouvelle, en lui faisant remarquer qu'elle avait « une tête d'ailleurs », et je ne sais même pas ce que ça veut dire, « une tête d'ailleurs ». Le soir, en questionnant ses parents, Léa avait appris qu'elle était juive d'Algérie. Un secret conservé pendant plus de vingt ans. Sa famille avait trop de fierté pour avouer s'être fait chasser.

Ça lui a fait un choc.

Elle s'est questionnée, quel pays était vraiment le sien ? Est-ce qu'elle était plus française ou plus algérienne ? Et qu'est-ce que ça voulait dire être juive ? Qu'est-ce que ça impliquait ? Est-ce que cette solitude qu'elle ressentait, c'était une solitude juive ? Puis Dieu, est-ce qu'elle y croyait ? Est-ce qu'elle avait envie ou besoin d'y croire ?

Elle avait laissé ces questions en suspens. Mais aujourd'hui, sa judéité la rattrapait et, forcément, c'était dur à vivre.

Léa s'est arrêtée au milieu de la rue :

— Viens on s'assied.

On s'est posées sur les marches d'une église puis on s'est collées l'une contre l'autre parce qu'on avait froid. Sans parler, on a observé les pigeons qui marchaient sur le trottoir. C'est toujours attendrissant, les pigeons qui marchent sur le trottoir. C'est petit les pigeons, c'est pas apprécié, c'est un peu délaissé, et pourtant ça vit sa vie tranquillement, l'air de se moquer du monde, et ça toise les passants avec dédain, comme s'ils étaient les rois et que les passants n'étaient rien du tout. Je m'identifiais un peu. Léa a rompu le silence parce qu'elle se fichait des pigeons et s'identifiait à elle-même.

— Je suis partie en Tunisie cet été. C'était la première fois que j'y allais. Au départ, je voulais voyager en Algérie, voir mon pays d'origine, mais c'était trop risqué. Alors je me suis dit que la Tunisie, c'était bien aussi.

Elle a frissonné, on était à Paris et il faisait plus froid qu'en Tunisie.

— J'ai bien aimé… C'est plus chaleureux qu'ici. Y a du soleil. Et puis l'air est agréable. Je veux dire, je ne me sentais pas vraiment chez moi, mais je me sentais bien quand même…

Elle a joué avec ses doigts parce que là, elle se sentait mal.

— Je n'ai pas dit que j'étais juive quand j'étais là-bas. En France non plus, je ne dis jamais que je suis juive. Algérienne, ça passe encore, mais juive… C'est compliqué d'être juive. C'est pas bien vu. Ça me trotte beaucoup dans la tête, tu sais, mes origines, mon pays, ma judéité… Je me suis rapprochée de Dieu ces derniers temps. Mes parents n'y ont jamais cru. Mais moi, j'y crois de plus en plus. Je fais des prières… Mais je ne fais pas Shabbat. Je devrais peut-être faire Shabbat… Si j'avais respecté les commandements du Shabbat aujourd'hui, si je n'avais pas été sur mon téléphone, si je n'avais appris les mauvaises nouvelles que ce soir, eh bien, j'aurais été heureuse un jour de plus.

Elle s'est tue avant de reprendre :

— Les religieux doivent être à la synagogue à l'heure qu'il est. Ils n'ont pas la moindre idée de ce qui se passe. Ça va leur faire un choc quand ils vont l'apprendre… Il y a une fête en plus, aujourd'hui, non ?

— Oui, j'ai répondu. Simha Torah, la fête de la Torah.

J'ai souri tristement parce que c'était ironique, des religieux en train de fêter la Torah pendant que Dieu retirait la vie de leurs proches. Et je m'en voulais un peu de penser comme cela.

— Tu as lu les psaumes que je t'ai envoyés ?

— Non, je Lui fais la tête en ce moment.

Je suis restée silencieuse un instant et, comme je restais croyante, j'ai demandé d'une petite voix :

— Tu crois qu'Il va m'en vouloir ?

— De Lui faire la tête ?

J'ai acquiescé et elle a ri.

— Ce serait blasphématoire de penser Dieu susceptible… Une colère contre Lui, c'est toujours une colère de moins contre l'autre.

Ça m'a rassurée.

La nuit tombait, l'obscurité et la fatigue nous gagnaient, mais on a continué de discuter avec Léa, un peu d'elle et un peu de moi. Des problèmes et des joies, de la vie qu'est triste mais il faut pas lui en vouloir parce qu'elle fait ce qu'elle peut, de l'amour qui nous tue tous mais reste une belle mort, de la liberté qu'a fait sa valise pour se barrer mais que des gens chercheront toujours à retenir, des choix qui ne sont qu'une illusion à laquelle on a le droit de croire, de l'espoir qu'on est obligé d'avoir à vingt ans sinon le monde est perdu, de nos parents qu'il faut comprendre et pardonner parce que les adultes sont des pauvres gens…

Puis on a parlé potins parce que philosopher, c'est vite lassant :

— J'ai rencontré un garçon il y a quelque temps, a dit Léa. Il s'appelle Thomas. J'aime bien être avec lui. Enfin, pour être honnête, je l'aime plus que bien. J'adore être avec lui…

Ses yeux brillaient et j'ai trouvé ça joli. J'aime bien les personnes amoureuses. On a l'impression que, même si le monde s'effondre autour d'elles, elles s'en fichent parce qu'elles sont amoureuses et qu'il y a des priorités dans la vie.

— Je crois, a dit Léa, qu'il a la télécommande de ma vie… Oui, c'est ça, la télécommande de ma vie. Il change mes humeurs comme on change les chaînes de télé, il augmente l'intensité des jours comme on augmente le volume. Il s'absente et met ma vie sur pause. Il revient et la laisse continuer.

Elle a ri.

— Je suis con, hein ? Quel pouvoir je lui donne ! S'il me quitte, je suis mal…

J'ai souri. À vrai dire, je l'enviais un peu. Elle avait de la chance. Moi, je n'avais jamais aimé à ce point.

— Ça doit être beau à vivre, j'ai soupiré, une

réelle histoire d'amour. Tu sais que je n'ai jamais eu de relation sérieuse… Tous les garçons avec qui j'étais, c'était juste comme ça, pour passer le temps. Des petits flirts sans importance. Le coup de foudre, la passion, ou juste l'envie d'être avec l'autre, je ne connais pas. J'aimerais bien connaître. J'aimerais bien fondre en larmes après une rupture, que ça me fasse quelque chose, qu'une partie de mon cœur se casse un peu…

Léa a ouvert grand ses yeux et j'ai précisé :

— Pas trop, hein, juste un peu. Pour me dire que moi aussi, j'ai eu droit à ça. Que j'ai eu droit à mon histoire d'amour, une histoire d'amour profonde, intense, avec des sentiments qui débordent. J'aime bien déborder… Mais je ne connais pas ça. Je ne connais pas le vrai amour. Comment se fait-il que je ne connaisse pas ? Qu'est-ce qui cloche chez moi ? Est-ce que je suis trop exigeante ? Mais attendre d'un garçon la bienveillance et le respect, c'est le minimum, non ? Et qu'il soit drôle aussi ! J'aimerais bien qu'il soit drôle. Le monde est trop ennuyant pour côtoyer des gens sans humour… Qu'il soit un peu fou. Gentiment fou. Joliment fou. Voyageur, artiste, sans prise de tête. Je crois que, surtout, j'aimerais qu'il m'aime… Oui, je sais, c'est le minimum qu'il m'aime, c'est normal, c'est la base de la relation amoureuse. Mais je veux dire, j'aimerais qu'il m'aime vraiment, qu'il ne s'arrête pas à la surface. Pourquoi tout le monde s'arrête à la surface ?

Si ça se trouve, le problème vient de moi. Parfois, j'ai l'impression d'avoir un défaut dans les sentiments, un défaut dans les mots. Que, quand je parle, on ne perçoit pas ce que je dis, que je sonne creux, que je sonne vide, comme s'il n'y avait pas grand-chose en moi et que personne n'arrivait à entendre que je suis plus que cela, que je suis plus que moi-même, que je suis même une future quelque chose, qui vaut le coup d'être aimée parce qu'elle a de l'amour à donner et qu'il devrait y avoir une justice. Mais j'ai beau crier, les garçons n'entendent jamais. Ils s'arrêtent à la surface. Ils n'écoutent pas plus loin. Peut-être qu'un jour je rencontrerai le garçon qui saura écouter.

Je me suis tue et Léa a souri. Elle m'a fait un bisou sur la joue.

— Ça viendra.

On a parlé encore un moment avec Léa. Puis une vieille dame est passée devant nous et nous a tirées de nos pensées :

— Connards !

Au début, on n'a pas compris qu'elle parlait de nous, on n'était pas des connards. Elle regardait très mal Léa, qui n'avait pourtant rien fait de mal.

— Connards ! elle a répété. Les musulmans, on n'en veut pas chez nous ! Dégage !

Mais Léa n'a pas dégagé parce que, musulmane ou pas, elle était chez elle. J'ai fixé la vieillarde avec toute l'ironie dont j'étais capable en lui faisant signe de dégager. Elle était furieuse. Elle a crié plein de choses racistes envers les Arabes, puis elle a sorti quelques clichés sur les jeunes de ses jours, et elle a fini par relever la tête d'un air outré avant de partir.

J'ai eu un fou rire pendant que Léa s'interrogeait :

— Quand elle a dit musulmans, elle parlait de moi ?

— Oui.

— Mais je ne suis pas musulmane.

— Tu t'attaches aux détails.

Léa a éclaté de rire.

— C'est la cinquième fois dans le mois que je me prends une remarque islamophobe. Il faut qu'ils se calment !

J'ai approuvé. Plus tard, à mon travail, une de mes collègues serait insultée à cause de sa religion. On ne lui parlerait plus, on l'exclurait, ou alors on lui dirait de retourner dans sa « cambrousse » – elle venait d'Algérie, comme Léa. Je me prendrais la tête avec mes collègues, je les insulterais même ; ils mettraient cela sur le compte de la jeunesse. Ils me diraient qu'avec le temps je deviendrai comme eux, que c'est comme cela la vie, que quand on est jeune on est tolérant et que quand on vieillit on n'aime plus personne. Ils continueraient avec leur islamophobie et leur racisme, et ma collègue les laisserait faire. Elle me dirait, résignée : « Tu ne vas pas changer les gens, laisse tomber. » Elle continuerait son travail tranquillement, elle ne leur ferait aucune remarque concernant leur haine et elle se moquerait même de moi, qui m'indignais à tout va, et qui croyais qu'avec des mots je pouvais changer le monde. Ça me désespérerait un peu.

Mais aujourd'hui, j'étais avec Léa, et je n'étais pas désespérée parce qu'elle aussi elle s'indignait à tout va. Il n'y a rien de mieux que s'indigner à tout va.

Puis j'ai regardé ma montre, il était presque vingt heures. J'avais rendez-vous chez ma tante pour le dîner et j'ai faussé compagnie à Léa, en lui souhaitant bonne chance avec les racistes, les antisémites et les gens en général.

J'ai loué un vélo et j'ai pédalé dans Paris. J'avais de la musique dans les oreilles et je me sentais bien, j'oubliais presque que j'étais israélienne et que j'étais juive. Je me sentais juste comme une jeune qui a la chance de vivre dans une belle ville et qui pédale dans le froid avec de la musique dans les oreilles. C'était agréable. Je respirais un peu.

Je suis passée devant la Comédie-Française et ça m'a rappelé l'année dernière : dès mon arrivée en France, je m'étais procuré une place pour le premier spectacle à l'affiche, j'avais l'impression que ça accélérerait ma transformation en élégante Parisienne. J'avais pris un billet étudiant, le moins cher possible, mais ça ne m'avait pas empêchée de m'habiller comme une grande dame, comme une riche. J'avais de l'allure, je faisais semblant le temps d'un soir. La place ne m'avait rien coûté du tout, mais une colonne me cachait la vue – à Paris, la culture était accessible, le spectacle un peu moins.

J'avais rapidement renoncé aux grands théâtres.

À la place, j'avais opté pour des promenades autour des cafés prestigieux du boulevard Saint-Germain. J'observais les clients entrer et sortir, détaillais leur tenue. Je rêvassais et me donnais des nouvelles de mon avenir, forcément grandiose : plus tard, je serais une écrivaine du VIe. Je ressemblerais à ces gens bien habillés à l'air important qui discutent au café de Flore ou aux Deux Magots, qui sont un peu snobs, un peu pompeux, mais pas trop non plus, juste à la limite. En les voyant, on sait tout de suite qu'ils travaillent dans un journal, une maison d'édition ou qu'ils écrivent un livre… Eh bien, ce sera moi ; j'aurais leur allure.

Un jour, j'étais même entrée au Flore, pour m'entraîner un peu. J'avais rendez-vous avec un réalisateur – j'avais volé son contact à la rédaction où je travaillais en Israël et il avait accepté de me rencontrer parce qu'il appréciait le culot. On avait discuté longtemps. Il m'avait parlé de plein de sujets d'actualité, la guerre en Ukraine, le conflit israélo-palestinien, la jeunesse de nos jours qui était moins bien que la jeunesse de son temps. J'avais hoché la tête très sérieusement en lâchant quelques « oui, oui » par-ci par-là, et, comme je voulais avoir les mêmes opinions que lui, je ne m'avançais pas trop dans ce que je disais. Mon avis sur la guerre en Ukraine se résumait à un « C'est dramatique », celui sur le conflit israélo-palestinien à un « C'est compliqué », avec force mimiques pour montrer que je réfléchissais beaucoup. Bref, j'avais encore du travail à faire. Pour la jeunesse, j'avais du mal à cracher dessus, parce que je l'aimais bien, la jeunesse de mon temps. J'avais tout de même soupiré « Ah, la jeunesse ! » comme une vieille. Je crois que le réalisateur n'était pas dupe et qu'il riait un peu de moi, mais, au moment de partir, il m'avait fait la bise et j'étais contente parce que pendant un instant je m'étais sentie écrivaine du VIe.

Ma famille a été moins contente : « C'est un connard, il a discuté une heure avec toi, il t'a même fait la bise, et pourtant il n'a pas voulu de tes scénarios. » Ma grand-mère m'a demandé son numéro de téléphone pour lui dire deux mots, je lui ai filé celui d'un ami pour ne pas avoir la honte. Depuis, dès que ce réalisateur passe à la télévision, ma famille change de chaîne.

J'ai continué de pédaler. Je suis passée devant les grandes écoles et universités du cinquième arrondissement. Une fois, j'avais assisté à une conférence littéraire à la Sorbonne.

En entrant, j'avais été frappée par la splendeur de l'établissement. C'était immense, avec des galeries partout, une vaste cour, des peintures illustres, des statues en marbre... Dans une salle à droite, un orchestre étudiant jouait des airs de musique classique. Dans une salle à gauche, des choristes chantaient. Un peu plus à gauche, on apercevait un théâtre, un immense théâtre, beau comme ceux des films, où des jeunes de mon âge portaient des costumes d'avant et jouaient une pièce de Shakespeare. J'étais intimidée. Et j'avais aussi l'impression désagréable de ne pas être à ma place, comme si c'était trop beau pour moi, que je faisais tache dans ce somptueux décor.

Je m'étais dirigée vers la salle de conférences où une amie m'attendait. Elle aussi semblait intimidée. Elle a désigné d'autres étudiants venus écouter le colloque :

— Regarde, ce groupe-là, ils sont en prépa à Louis-le-Grand. Et eux là-bas, ce sont des normaliens.

— Ça veut dire quoi normalien ?

— Ce sont les étudiants normaux-supérieurs. Mais si tu veux mon avis, ils penchent plus vers le supérieur que vers la normalité.

Et en effet, ils avaient notre âge, mais semblaient déjà appartenir à un autre monde. Un fossé nous séparait : ils étaient arrangés, élégants, bien habillés, bien peignés. Ils discutaient sans parler fort, mais sans chuchoter non plus. Ils séparaient chaque mot du suivant comme si tous avaient leur importance. Ils débattaient en argumentant et sans élever la voix, s'arrêtaient pour chercher l'inspiration. J'étais sûre qu'ils voyaient autre chose dans ce monde, une subtilité qui nous échappait. Leur culture générale dépassait le stade de la généralité, leur éloquence paraissait innée, leur réflexion très poussée… Il y avait de la noblesse dans leur manière de s'exprimer, dans leur manière de penser. Avec mon amie, on se sentait toutes petites par rapport à eux, presque humiliées parce qu'on n'avait pas beaucoup de connaissances et sûrement pas autant de prestance.

Puis les intervenants de la conférence – des professeurs – étaient arrivés.

Ils nous ont parlé du lien entre littérature et politique en utilisant des mots très compliqués et, avec mon amie, on ne comprenait pas tout. Les autres, eux, comprenaient.

Ensuite, ils ont expliqué le danger que représentait l'extrême droite… Là, avec mon amie, on comprenait un peu.

Mais, chose étrange, plus les enseignants expliquaient le danger, moins ils paraissaient effrayés. Ils s'exprimaient de manière très théorique, comme si l'extrême droite, ce n'était pas bien, démodé, d'un autre temps, mais que ça n'allait pas plus loin que ça, comme si le danger était abstrait, que de vraies vies n'étaient pas menacées. Ils parlaient des étudiants étrangers, mais ne savaient rien de Maria qui devait batailler pour poursuivre ses études en France. Ils parlaient d'antisémitisme, mais n'avaient pas vu Noam se faire tabasser parce qu'il portait la kippa. Ils parlaient d'islamophobie, mais n'étaient pas là quand Nour s'était fait cracher dessus devant un lycée privé. Ils parlaient d'homophobie, mais ne connaissaient pas Julie que son père avait tenté de marier de force à un homme. Ils parlaient de loin, et, même si les phrases étaient jolies et les mots compliqués, ça sonnait faux, ça sonnait creux, ça sonnait pas assez fort. Les autres étudiants semblaient pourtant convaincus. Et je n'arrivais pas à savoir qui de nous ou d'eux était à côté de la plaque. J'avais soupiré.

— Viens, on y va. Elle ne s'adresse pas à nous, cette conférence.

On est rentrées chez nous, en se moquant des intervenants, des autres étudiants et même de l'établissement. On les imitait et on riait aux éclats ; ça nous a fait oublier qu'on s'était senties nulles.

J'ai continué de pédaler. Je n'étais plus dans les beaux quartiers et j'ai rêvé d'ailleurs. Un jour, je ferai un grand voyage à vélo. Le tour de France.

Voire d'Europe. Je pédalerai sans m'arrêter, même avec les jambes douloureuses, même fatiguée, même sous la pluie. Surtout sous la pluie. J'aime bien être trempée jusqu'aux os, ça me fait rire. Je dormirai à la belle étoile, ou dans les auberges de jeunesse. Je demanderai à un ami guitariste de m'accompagner, on ferait des feux de camp et il jouerait de la guitare, comme dans les films clichés qu'on aime bien vivre en vrai.

Je pédalerai très loin. J'irai à Berlin. Il paraît que c'est une jolie ville Berlin, que c'est bien pour les jeunes et pour les artistes. Il y a des bars un peu partout et beaucoup de boîtes de nuit où on danse jusqu'au matin. Les gens ont des projets plein la tête ; certains sont musiciens, d'autres comédiens, d'autres écrivains... Il y en a pour tous les goûts. C'est vivant Berlin, c'est bruyant. On danse sur de la techno, on se laisse aller, on se dénude même. Il paraît que là-bas tout le monde danse tout nu. Ça doit être drôle, de danser complètement nu.

À Berlin, aucun quartier ne ressemble à un autre, chacun a son essence, son langage. Et c'est toujours bien quand on veut être écrivain, de connaître différents langages.

Puis je suis arrivée chez ma tante. J'ai garé mon vélo et je suis montée. C'était pas Berlin, mais c'était bien quand même.

7

Ma tante et mon cousin

Visiblement très choqués, ma tante et mon cousin m'ont à peine embrassée. Ensuite ma tante a agrippé mes mains :

— Ta cousine, ta cousine...

Je me suis décomposée.

— Un immeuble a explosé juste devant elle. Elle a dû se cacher sous un bus !

J'étais rassurée parce qu'elle allait bien, mais ma tante pas du tout.

— Elle a vu des roquettes de sa fenêtre, de sa fenêtre ! Elle aurait pu mourir... Et moi on m'a traitée de « sale juive » au travail ! De sale juive !

On sentait bien à sa voix qu'elle aussi aurait pu mourir.

— Comme quand j'étais jeune ! Le gardien de l'immeuble me traitait de sale juive et ton grand-père lui courait après avec la ceinture...

Elle s'est absentée un instant, quelque part dans sa mémoire, et elle a souri, attendrie parce que c'était un souvenir d'enfance. Puis son regard s'est à nouveau assombri :

— Tu vas voir qu'on va retrouver la haine d'avant, les croix gammées, les « Interdit aux juifs », les menaces et les insultes…

J'ai pensé aux messages que j'avais reçus et je n'ai pas réussi à être optimiste.

— Ton cousin, on lui a dit que c'était bien fait pour les Israéliens, que les Israéliens c'étaient des nazis…

Elle a frissonné parce que ça évoquait trop de mauvais souvenirs, les nazis. J'ai proposé :

— On devrait casser la gueule des antisémites.

Il y a eu un silence, c'était une phrase choc. Mon cousin a froncé les sourcils, c'est un pacifiste. Mais les yeux de ma tante se sont illuminés.

— Mais oui, exactement, tu as raison !

J'étais fière de moi et j'ai continué :

— On devrait casser la gueule de tout le monde, ceux qui disent qu'on est des sales juifs, ceux qui disent que c'est bien fait pour nous, ceux qui disent qu'ils nous préfèrent discrets, ceux qui nous interdisent de pleurer, ceux qui soutiennent le Hamas, ceux qui se permettent de nous détruire parce qu'une bonne cause leur sert de prétexte, qui croient qu'en nous brisant ils brisent un gouvernement, qui croient que haïr les juifs et les civils israéliens c'est du militantisme, que faire preuve d'humanité c'est contraire à leurs convictions, qui condamnent le racisme mais qui nous discriminent, qui militent pour les minorités mais jugent que la nôtre est trop privilégiée, qui se disent tolérants mais qui n'arrivent pas à nous tolérer, qui nous sortent des grands contextes quand ce sont nos petites vies qui sont brisées...

Je m'emballais un peu et je faisais des belles phrases, c'est mon côté écrivain. Ma tante aussi s'emballait, c'est son côté bagarreur :

— On va créer une milice. Dès qu'on entendra quelqu'un crier « mort aux juifs », on le frappera. On va se mettre au krav maga.

Ce que j'aime avec ma tante, c'est qu'elle n'a rien de diplomate et qu'elle m'encourage dans la violence.

— Il faut qu'on recrute des jeunes musclés.

On s'est toutes les deux tournées vers mon cousin parce qu'on l'avait sous la main. Mais il n'est pas musclé et il a répondu :

— Ah non, on ne répond pas à la violence par la violence. C'est contre-productif.

Mon cousin a la fâcheuse manie d'avoir raison et de tenir des propos sages et réfléchis. C'est agaçant, mais on l'aime quand même.

— Tu devrais avoir honte maman, au lieu de la calmer, tu attises sa haine.

Ma tante a ouvert de grands yeux outrés et elle s'est tournée vers moi :

— J'attise ta haine ?

— Non, ce sont mes camarades de licence qui attisent ma haine. Peut-être qu'on devrait commencer par leur casser la gueule à eux ?

Je lui ai montré les visages de mes camarades, des visages très intellectuels, très sérieux, très bien-comme-il-faut, et ma tante s'est refroidie :

— Ils ont des têtes de cons, pas d'antisémites.

— Tu fais la différence ?

Ma tante s'est agacée et elle m'a fait la morale :

— Tu es une lâche, tu t'attaques à plus faible que toi ! On ne casse la tête qu'aux costauds. Les intellectuels, on les bat avec l'intellectualité.

On s'est de nouveau tournées vers mon cousin, parce que c'était le seul intellectuel qu'on avait sous la main. Il a réfléchi un instant, l'air de prendre le problème très au sérieux. Puis il a proposé :

— Écris un livre.

Je crois que, parfois, on écrit des livres à défaut de pouvoir casser des têtes.

On s'est installés à table et on a dîné. Je me suis servi des entrées et, quand j'ai voulu prendre du houmous, mon cousin m'a donné un coup de pied avant de chuchoter : « Il date d'il y a trois mois. » Lorsque ma tante reçoit des invités, elle ressort toujours les plats périmés qu'elle n'a pas envie de jeter.

J'ai reposé le houmous et j'ai pris de la salade cuite, en reniflant le plat avant de manger, parce qu'on ne sait jamais.

Pour oublier qu'elle était juive, ma tante s'est mise à cracher sur les autres minorités, notamment les Arabes. Elle fait une fixette sur les Arabes parce qu'après les juifs ce sont ceux qui lui ressemblent le plus. Elle a des avis bien tranchés, elle les met tous dans le même sac... Sauf ses amis, bien entendu.

Mon cousin était mal à l'aise :

— Ma mère est raciste. C'est à cause de son âge. Elle devient une vieille aigrie.

Moi, j'étais tolérante et je la tolérais. J'aime bien le mot *tolérante* d'ailleurs, on se sent supérieur quand on le dit.

— Je ne suis pas raciste, s'est défendue ma tante, il y a plein d'étrangers que j'aime bien. Les Asiatiques, par exemple, je les aime bien. Ils sont discrets les Asiatiques, ils sont gentils, ils ne posent pas de problèmes...

J'ai remarqué l'air de rien :

— Mes amis disent la même chose des juifs.

Elle a ri. Puis elle a parlé des noirs, des Portugais, des Italiens, des migrants, des pauvres, des handicapés, des gros, des maigrichons et de plein d'autres gens qui valent le détour. Lorsque ma tante veut parler mal de quelqu'un, elle parle mal de tout le monde, comme ça c'est elle qui passe pour la méchante et pas ceux qu'elle critique. On appelle cela l'altruisme, penser aux autres avant de penser à soi. Ma tante est profondément altruiste.

Elle s'est lassée de critiquer la planète entière et elle nous a raconté des anecdotes de travail :

— Y a la vieille veuve qui est venue me voir aujourd'hui... La pauvre, elle n'a pas de mari.

— C'est commun chez les veuves.

— Oui. Elle a parlé sans s'arrêter, de ses malheurs, de ses problèmes financiers... Elle est endettée. Elle doit vendre tous ses meubles pour rembourser sa dette et elle va peut-être se retrouver à la rue. Puis sa mère est malade, elle va sûrement mourir... Bon sang, combien elle a parlé la vieille veuve ! Je ne savais pas comment la dégager. Il faut être poli. Je ne pouvais pas la dégager comme ça. Je ne comprends pas pourquoi, au travail, les gens pensent qu'on en a quelque chose à faire de leur vie. Je suis là pour vendre des vêtements, pas pour écouter leurs malheurs. S'ils veulent raconter leurs malheurs, qu'ils aillent voir un psy. J'ai pas que ça à faire moi. Hein, j'ai pas que ça à faire ?

On a hoché vigoureusement la tête avec mon cousin. Ça devait être dur à vivre.

— Au moins, elle ne m'a pas traitée de sale juive, a conclu ma tante.

Elle sait voir le bon côté des choses.

Puis mon cousin est sorti fumer et je l'ai suivi

parce que j'avais besoin de respirer. Il a regardé la rue, même si on ne voyait rien, il faisait nuit noire.

Mon cousin voulait faire la conversation, mais il ne sait jamais comment la commencer, alors il m'a posé directement les questions du milieu, celles qui sont profondes et me touchent le plus. Il voulait savoir comment je me sentais, si Tel-Aviv et Israël me manquaient. Il était tombé sur des photographies de manifestations que j'avais prises cet été, il voulait en savoir plus. Bref, il s'est intéressé à moi. On a rarement l'occasion de se raconter nos vies.

À mon tour, j'ai observé la rue. Quand j'étais petite, je croyais qu'il suffisait de tordre un peu le cou pour apercevoir Israël au bout, que notre regard portait aussi loin que ce qu'on avait besoin de voir… Ce soir, derrière les immeubles, je voyais encore Tel-Aviv.

Il y avait toujours du monde dehors, aussi bien des jeunes que des vieux, tous différents ; un peintre tenté d'immortaliser les gens n'aurait jamais assez de couleurs sur sa palette. Les rues étaient agréables, animées, comme Rothschild, mon avenue préférée. Soixante-quinze ans plus tôt, Ben Gourion y avait déclaré l'indépendance de l'État d'Israël. C'était censé être secret, il n'avait prévenu que quelques personnes la veille. Mais le bouche-à-oreille avait fait le travail : tous les Israéliens étaient là. Depuis, cette rue était toujours bondée. On y mangeait des glaces en famille, on buvait des verres entre amis, on promenait son chien, on lisait sur un banc, on faisait son footing matinal, on nourrissait les pigeons, on demandait du travail aux cafés et commerces qui bordaient l'allée centrale, on flânait en observant le paysage. Durant Pourim – une fête où les juifs se déguisent pour montrer qui ils sont vraiment – on y défilait avec des vêtements colorés, des perruques et des enceintes de musique à la main.

En continuant de marcher une vingtaine de minutes, on arrivait au Kikar Rabin, une place importante à Tel-Aviv, où un salon du livre était organisé chaque année. Les livres d'Eshkol Navo, un auteur très connu en Israël, côtoyaient ceux de Daniel Pennac, que les professeurs de littérature enseignaient en classe. La place avait beaucoup de succès chez les jeunes. Chez les vieux, un peu moins, à cause des mauvais souvenirs. C'était là-bas qu'Yitzhak Rabin, le Premier ministre israélien, avait été assassiné par un juif orthodoxe alors qu'il prononçait un discours pour la paix. En 1995. Il y avait une foule immense, les parents de mes amis en faisaient partie. Ils scandaient tous « Oui à la paix, non à la violence ! ». Rabin marchait. Puis il y a eu les coups de feu.

Depuis, une journée d'hommage lui était consacrée. Une fois par an, les écoles affichaient sur leurs portes les unes des journaux montrant Rabin serrer la main de différents dirigeants. En titre : « Signature du traité de paix avec la Jordanie », « Signature des accords d'Oslo »...

En classe, les professeurs montraient la vidéo de sa mort et racontaient l'histoire qu'à force tout le monde connaissait : Rabin aurait dû porter des protections mais il avait refusé de les mettre. Il s'apprêtait à déclarer la paix, il lui paraissait contradictoire d'envisager la guerre.

Depuis, la paix s'était éloignée.

Dans toute l'histoire du pays, le gouvernement israélien n'avait jamais été aussi à droite que depuis l'année 2023. Il n'était pas représentatif de la population ; il avait fallu recommencer les élections législatives cinq fois avant que le Premier ministre Benyamin Netanyahou ne parvienne à obtenir la majorité à la Knesset – le parlement israélien. Pour ce faire, il s'était allié à un parti ultra-orthodoxe qui acceptait les juifs du monde entier, à condition qu'ils soient conformes à l'idée qu'il leur imposait. Ces religieux connaissaient par cœur la Torah, sauf le verset « Tu aimeras l'étranger comme toi-même, car tu as été étranger ». Bizarrement, il leur était étranger.

Le gouvernement savait mieux que son peuple ce qu'il souhaitait et voulait passer une loi pour contrôler la Justice, en renforçant le pouvoir des élus et en restreignant celui des magistrats, afin de transformer Israël en dictature, parce que la démocratie, c'était compliqué, chacun avait le droit de donner son avis, même les minorités.

De nombreuses manifestations contre la réforme judiciaire et le gouvernement israélien s'étaient organisées. J'étais partie les photographier.

La nuit du 24 juillet 2023, le premier volet de la réforme fut voté et des milliers d'Israéliens sortirent dans les rues crier leur colère. À Tel-Aviv, ils bloquèrent les autoroutes, les gares et montèrent sur des ponts pour agiter des drapeaux d'Israël. Ils criaient dans leurs mégaphones : « La démocratie tient debout ! » Les autres luttes du pays se mêlaient et des femmes habillées en rouge défilaient : « Luttons pour les femmes ! » D'autres agitaient des drapeaux LGBT : « Mêmes droits pour tous ! » Les mouvements de jeunesse levaient des drapeaux rouges : « Stop à l'occupation des territoires palestiniens ! » Les jeunes plus âgés, des drapeaux noirs : « Démocratie et Occupation ne peuvent pas coexister ! » Les vieux applaudissaient : « Démocratie, as-tu existé ou étais-tu un rêve ? »

Sur la route, les conducteurs klaxonnaient. Certains sortaient de leur véhicule pour crier à leur tour. Les jeunes montaient sur les panneaux de signalisation, se tenaient en équilibre dessus et agitaient leurs T-shirts. Ils battaient du tambour, soufflaient dans des trompettes. Ils s'approchaient des barrières qui protégeaient les policiers, secouaient les barrières, les faisaient trembler. Les barrières faisaient un bruit d'orage, de tonnerre. Ça grondait, ça vibrait. Les policiers reculaient pendant que les Israéliens leur criaient dessus. Ils tapaient du pied, du poing, ils hurlaient, ils huaient, ils sifflaient. Ils allumaient des feux, des immenses feux, et les flammes s'élevaient, et la fumée brûlait la gorge, brûlait les yeux, et dans la nuit on ne distinguait plus que des ombres qui s'agitaient avec colère, faisaient un vacarme infernal parce qu'il fallait faire du bruit, toujours plus de bruit, se faire entendre, dire qu'on n'en pouvait plus, qu'on n'en voulait plus de ce gouvernement, qu'on le haïssait ce gouvernement, qu'il nous menait droit au mur ce gouvernement. Ils secouaient leurs drapeaux, et ils n'étaient plus qu'une mer de drapeaux, une tempête de drapeaux, des vagues de drapeaux qui se déchaînaient, tourbillonnaient, se soulevaient, se fracassaient et emporteraient peut-être avec elles les dirigeants israéliens, pour offrir aux prochaines générations un avenir meilleur…

Jusqu'au 7 octobre, les Israéliens manifestaient encore contre leur gouvernement. Jusqu'au 7 octobre, on espérait encore un avenir meilleur.

8

Auto-stop

Je suis revenue sur le balcon de ma tante et j'ai cessé de contempler la rue – il n'y avait pas d'Israël au bout, seulement des immeubles. Avant d'écraser sa cigarette, mon cousin a demandé :

— Tu crois que ce ne sera plus jamais pareil ? Qu'il y aura un avant et un après 7 octobre ?

J'ai acquiescé parce que c'était sûr. Mais ça m'effrayait et j'ai tenté de nous rassurer :

— Le 7 octobre va nous marquer, peut-être même nous détruire un peu, détruire un peu le pays, un peu le monde entier. Mais il y a plusieurs avants et après dans une vie ou même dans l'Histoire. Ce n'est fait que de ça, d'avants et d'après... La période sera douloureuse, mais on va s'en sortir. On s'en sort toujours. C'est la spécialité des juifs, s'en sortir.

— S'en sortir, peut-être. Mais est-ce qu'on sera heureux ?

J'ai grimacé. Le bonheur, c'était moins notre spécialité.

Mon cousin et moi, on serait heureux, notre peine était passagère. Mais plus tard, je rencontrerais des amis juifs endeuillés, des amis qui avaient vécu le 7 octobre de trop près, qui n'avaient pas trouvé une seule personne empathique dans leur entourage, ou qui simplement vivaient la douleur différemment que les autres, plus intensément. Eux, on lirait dans leurs yeux beaucoup de tristesse. Une tristesse figée, impossible à vaincre, impossible à dégager. Une tristesse solidement accrochée. Un poids qui les suivrait partout et que personne ne parviendrait à alléger, pas même les professionnels de santé. Ils le diraient eux-mêmes : « Je ne suis plus heureux, je ne le serai plus jamais. » Ils l'accepteraient, ils bricoleraient avec leur souffrance, ils arriveraient à continuer leur vie, à avoir quelques joies et quelques fous rires, ils trouveraient d'autres valeurs pour remplacer le bonheur, ils s'accrocheraient aux petites choses ou bien ils consacreraient leur vie aux autres, au monde, à une passion parce que parfois, quand on a l'impression que notre vie ne nous sert plus, on se dit qu'elle peut servir à d'autres. Ils feraient du bénévolat, ils écriraient des livres. Ou bien, pour certains, ils haïraient tout le monde, même les gens qui leur voudraient du bien et on serait obligé de s'éloigner d'eux pour notre bien-être à nous. D'autres se contenteraient de souffrir, d'être tristes, sans rien faire du tout. Ils donneraient le change de temps en temps, mais sinon, il n'y aurait que cette tristesse, cette terrible tristesse qu'on aimerait pouvoir claquer, abattre d'un coup de pistolet, parce que c'est terrible d'être impuissant face à la peine des gens qu'on aime. Il y aurait aussi ceux dont le cerveau serait bousillé ; parfois, la douleur est trop forte et la tête ne tient plus. Ils iraient en hôpital psychiatrique se reposer un peu, mais la plupart vivraient cela comme une torture, la médecine de la tête n'évoluait pas assez vite pour tout ce qu'il y avait de malheurs.

J'ai répondu à mon cousin :

— Ça ira.

Il m'a crue.

Puis mon téléphone a sonné. J'ai décroché la boule au ventre parce que j'en avais marre des mauvaises nouvelles. Mais ce n'était que Lola, une amie de l'université. On avait prévu de sortir ce soir, avec des camarades de la licence. Sauf que je n'étais plus d'humeur, mal habillée, et que je n'avais pas envie de voir leurs têtes… Lola a insisté :

— Passe chez moi avant, on se prépare ensemble. Je te prêterai un haut si tu veux. Puis invite des amis à toi, comme ça tu es sûre de passer un bon moment.

J'ai raccroché, un peu sceptique. Mon cousin m'a convaincue :

— Allez, vas-y, ça va te faire du bien de voir du monde. Si je peux te donner un conseil, c'est de ne jamais rater une occasion de t'amuser.

Et c'était un bon conseil.

J'ai téléphoné à mes amis – Théo, Noam, Léa et Julie – pour leur demander de me rejoindre à la soirée. Ils sont spontanés, ils ont accepté.

Dehors, il faisait maintenant glacial. Je n'avais pas envie de prendre un vélo et le métro se trouvait trop loin, le quartier était mal desservi. J'ai levé mon pouce parce que j'aime bien faire du stop pour me déplacer, ça économise des sous et j'ai l'impression qu'il m'arrive quelque chose.

Une conductrice s'est arrêtée. Elle a accepté de m'approcher de chez mon amie et je suis montée dans sa voiture. La radio était allumée. On entendait les informations qui parlaient d'Israël et du kibboutz qui avait été attaqué. Les journalistes n'avaient pas encore toutes les données, mais on devinait l'horreur.

Plus tard, une résidente raconterait l'attaque en détail : elle avait entendu les terroristes arriver, passer dans chaque maison. Ils avaient enfoncé la porte d'entrée. Son mari avait bien essayé de la bloquer, mais « il n'y avait rien à faire ». Elle le répéterait plusieurs fois comme si elle devait se convaincre qu'elle n'y était pour rien, que même en faisant son maximum elle n'aurait pu éviter la catastrophe.

Les terroristes étaient entrés, elle avait vu le canon de l'arme en premier. Ils avaient tiré sur son chien. Elle avait entendu le bruit du coup de feu, ils avaient tué le chien. Puis après le chien, ils avaient pointé le canapé. Le canapé où ses filles étaient assises : « Ce sont mes filles. Je vous en supplie ne les tuez pas. Ce sont mes filles. Je vous en supplie ne les tuez pas. »

Les terroristes les avaient fait sortir de la maison, en file indienne. Ils les avaient emmenés plus bas, avec d'autres juifs. Ils avaient crié : « Massacrez les juifs. » Puis ils avaient pris ses filles, les avaient jetées dans leur voiture et étaient partis.

« C'est la dernière fois que j'ai vu mes filles. »

Des témoignages de la sorte, il y en aurait des dizaines. Mes parents me rapporteraient les paroles d'enfants traumatisés. Ils me parleraient de ce gosse de neuf ans qui croyait qu'il allait mourir et avait envoyé un message à trois heures du matin à ses amis pour se séparer d'eux : « Au revoir, c'était cool de vous connaître, on s'est bien amusé. » De cette enfant de six ans qui en sortant de sa cachette n'avait plus trouvé ses chaussures et elle ne comprenait pas pourquoi le Hamas avait volé ses chaussures, ses chaussures préférées en plus. « Ils m'ont pris mes chaussures, qu'est-ce qu'ils vont en faire de mes chaussures ? Elles ne leur servent à rien ! Elles ne sont même pas à leur taille ! »

Des collègues journalistes, du temps où je travaillais en Israël, me raconteraient l'horreur de ce qu'ils avaient découvert au kibboutz: « J'ai pleuré en arrivant là-bas. Il n'y avait que des cadavres, des cadavres de civils, des cadavres d'enfants. Il y avait des traces de sang sur le sol, de très larges traces de sang… » Ils me raconteraient les maisons que les terroristes avaient incendiées pour forcer les Israéliens à sortir de chez eux. Certains étaient restés dedans, ils préféraient brûler plutôt que d'être tués par des terroristes. Dans les maisons, ils avaient trouvé plein de cadavres, il n'y avait que des cadavres. « Tous les journalistes qui sont allés là-bas ont pleuré. Même le journaliste qui te faisait peur, à l'époque où tu bossais chez nous, il a pleuré aussi. »

Moi, à quatre mille kilomètres, je ne pourrais que compatir. Je ne recevais pas la douleur de plein fouet, j'étais protégée par la distance. Je percevais l'horreur, je pouvais essayer de l'écrire, de la raconter, mais c'était encore plus violent et horrible en vrai. Même en choisissant les mots les plus durs possibles, j'étais moins dure que la réalité. Je pouvais décrire les corps, les regards, les silences; je pouvais parler de la détresse, décrire les violences… Je restais en dessous de la réalité, je touchais juste à côté.

C'était d'une violence inouïe ce qui se passait et même les photographies du massacre étaient mensongères, parce qu'elles donnaient l'impression que l'horreur était figée, alors que l'horreur resterait très longtemps, resterait toute la vie.

La conductrice a changé de station radio :

— Je préfère la musique, pas toi ?

— Si, moi aussi.

Et je m'en voulais de répondre cela. Je m'en voulais d'avoir le luxe d'être en France et de pouvoir changer de station. En Israël, les gens hurlaient de douleur. D'autres attendaient d'être sauvés. Moi, j'allais m'amuser dans un bar et, lorsqu'on me demandait si je préférais écouter de la musique, je répondais : « Si, moi aussi. » J'avais envie de me gifler.

On a discuté un peu avec la conductrice et je me suis détendue. Elle s'appelait Neyla, sa famille venait du Mali, mais elle-même n'y était jamais allée ; elle aimerait bien y aller un jour. Elle travaillait dans la vente téléphonique. En parallèle, elle cherchait une université pour étudier, mais c'était compliqué.

— J'ai fait un BTS en information communication que j'ai validé. J'aimerais poursuivre mes études et faire une troisième année de licence. Mais aucune fac ne m'accepte, je n'ai rien obtenu sur Parcoursup. C'est très dur de continuer en licence après un BTS. J'ai démarché les universités et il y en a une qui m'a proposé une alternance, mais pour cela il faut que je trouve une entreprise dans l'informatique qui accepte de m'embaucher.

Elle a parlé longtemps de toutes ses galères. Puis elle a demandé :

— Et toi, t'étudies ?

— Oui, les lettres.

— C'est des bourges en lettres, non ?

— Pas tous.

Elle m'a regardée du coin de l'œil.

— Tu vas en manif ? Il paraît qu'ils vont tout le temps en manif en lettres. C'est pas eux qui veulent changer le monde ?

J'ai répondu d'un geste évasif :

— Oh si, c'est probable.

— Même moi qui ne suis pas en lettres, j'aimerais manifester. Mais je suis noire et c'est risqué quoi.

J'ai hoché la tête parce que oui, c'était risqué.

De fil en aiguille, on s'est raconté nos vies, des anecdotes de tous les jours. Elle m'énumérait ses meilleures ventes téléphoniques, me parlait des économies qu'elle faisait pour plus tard, son envie de monter une entreprise et de devenir riche, son ancien manager qui l'avait arnaquée de cinq cents euros, les entreprises auxquelles elle postulait pour l'alternance, mais personne ne la rappelait et elle était sûre que c'était à cause de sa couleur de peau. Elle a parlé du racisme, celui qu'elle avait subi au lycée. On avait voulu la renvoyer de l'école parce qu'une fois elle avait porté un couvre-chef ; n'importe quel étudiant non musulman n'aurait reçu qu'un avertissement. Elle avait fait croire à l'administration qu'elle souffrait d'un cancer pour échapper à la sanction. Ça avait pris de l'ampleur, ses camarades lui avaient souhaité leurs condoléances en avance et elle les avait insultés parce qu'il n'y avait pas à être aussi pessimiste concernant sa maladie.

— Je te jure, j'ai fini par croire que j'allais vraiment mourir, alors que je n'étais même pas malade de base.

J'ai ri. Je lui ai parlé de moi, de mes études, de mon travail, j'accompagnais des enfants en situation de handicap dans une école primaire. Un jour, l'un d'eux avait mangé son marqueur en cours et il avait eu la langue bleue. Pour rigoler, il avait surligné son cours avec la langue et je ne savais plus où me mettre parce que j'étais censée éviter ce genre d'incidents. Puis j'ai parlé de la bourse du Crous que je n'avais toujours pas reçue, de mes APL qui avaient baissé alors que mon loyer avait augmenté, d'un film que j'avais vu récemment, d'un stage que je voulais faire en parallèle du travail et de l'université, de l'antisémitisme que je subissais... Là, elle m'a stoppée net :

— Attends, t'es juive ?

Elle a froncé les sourcils.

— J'aurais dit que t'étais libanaise... T'as une tête de Libanaise.

J'ai haussé les épaules parce que je ne savais pas quelle tête ça avait, une Libanaise. Elle a réfléchi un instant :

— Mes potes n'aiment pas les juifs... Mais c'est parce qu'ils ne vous connaissent pas. On n'en fréquente pas beaucoup, des juifs. Mais moi, au travail, j'ai un ami juif et il est très cool...

Elle m'a jeté un coup d'œil pour voir ce que j'en pensais et sans doute qu'elle croyait me faire un compliment.

— De toute façon, elle a repris, j'ai jamais supporté les antisémites. Au lycée, j'avais un prof antisémite. J'aurais aimé l'intimider avec des amis, mais je suis noire et musulmane quoi, y a des délits que je peux pas me permettre, ça aurait tout de suite pris de l'ampleur...

Elle a continué de parler, puis soudain s'est interrompue et a écarquillé les yeux.

— C'est ma musique préférée !

Elle a augmenté le volume de la radio à fond et elle a secoué sa tête énergiquement. Lorsqu'on est jeune, on a nos priorités et la musique préférée passe toujours avant le reste. J'ai été prise de court un instant, puis j'ai attrapé le volant pour qu'on ne rentre pas dans un arbre. Elle a dansé comme une folle et, en même temps que je paniquais, j'avais envie de rire parce qu'elle m'amusait. Elle m'a secouée un peu pour me faire danser aussi et elle a même ouvert les fenêtres pour faire profiter la rue entière de sa chanson préférée. Sa joie était communicative et je l'ai regardée danser tout le reste du trajet en souriant. On ne se connaissait pas quinze minutes plus tôt. C'est pour ça que j'aime bien le stop, on vit toujours des moments particuliers.

Neyla m'a déposée à une centaine de mètres de chez mon amie. Je l'ai remerciée et je lui ai souhaité bon courage pour son alternance. Elle m'a souhaité bon courage aussi. Puis elle est repartie et sa voiture a fait quelques zigzags. Sans doute qu'elle dansait encore.

9

Lola

Je me suis assise sur le lit le temps que Lola achève de se préparer. Dans la chambre d'à côté, j'entendais sa mère pleurer. « Chagrin d'amour », a brièvement commenté mon amie, l'air peu concernée.

Face au miroir, elle arrangeait ses boucles au fer à friser. Elle est très coquette Lola, chaque fois qu'elle sort, elle se met sur son trente et un. Elle en fait des caisses, comme si elle allait rencontrer plein de gens importants ou plein de gens qu'elle n'aime pas, à qui il faut montrer qu'elle vaut mieux qu'eux.

— Même moi, quand j'ai rompu avec mon copain, je n'ai pas pleuré autant... C'est fou tout de même ! Il y a des chagrins auxquels on ne s'habitue pas. Se faire briser le cœur fait toujours aussi mal, qu'on ait cinquante ou vingt ans... Mais d'un autre côté, c'est rassurant : on ne vieillit jamais complètement.

Elle a souri avant d'enrouler une dernière mèche qui lui donnait du fil à retordre.

— Tu sais ce qu'elle m'a dit, ma mère, l'autre jour? Elle m'a dit que, lorsqu'on rencontre un homme, il faut bien le choisir. Ça peut te détruire un homme, ça peut bousiller ta vie... Je pense qu'elle a raison... Elle a dit, aussi, qu'on ne peut jamais changer une personne. Tu rencontres quelqu'un, tu vois bien qu'il a quelques traits de caractère pas tout à fait nets, qui ne sont pas supportables sur le long terme, qui ne sont pas bons pour toi. Mais tu te dis qu'il va changer. Tu te dis même, parfois, que c'est toi **qui** le changeras... Grave erreur. Il ne changera pas. Il faut le quitter direct quand c'est comme ça. Di-rect.

Elle a eu l'air satisfaite de sa coiffure et s'est contemplée un peu. Puis elle a fouillé dans un tiroir pour en extraire quelques hauts.

— Tiens, essaie ça!

Ensuite elle a sorti des chaussures, des dizaines de chaussures, et elle les a toutes essayées. Elle s'est à nouveau regardée dans le miroir et s'est brusquement mise à pleurer.

— C'est à cause de ta mère? je me suis inquiétée.

— Non c'est à cause de moi.

Elle a pleuré de plus belle.

— Ces chaussures ne me vont pas! Même ce haut ne me va pas! Même mes mèches ne me vont pas… Tu sais qu'hier je suis sortie avec des amies. Elles ont toutes attiré des garçons. Ils les ont regardées, leur ont souri, ont flirté avec elles… et moi… eh bien moi, je n'attirais personne!

Elle a continué de sangloter:

— Je… Je veux… J'aimerais… J'aimerais être belle!

— Mais tu es déjà belle!

— Toi, ça ne compte pas, tu me trouves belle parce que tu es mon amie et que tu es plus moche que moi!

— Oh! je t'emmerde!

Elle a séché ses larmes et elle a insisté:

— J'aimerais être belle… J'aimerais être belle, être vue. Que, lorsque je croise des hommes et même des femmes dans la rue, leurs yeux s'attardent sur moi. J'aimerais sortir avec mes amies les plus jolies et ne pas être ignorée, ne plus les jalouser, ne plus me sentir tache à côté! J'aimerais savoir faire… la démarche, le maquillage, les vêtements. J'aimerais être vulgaire, qu'on voie mes seins, qu'on voie mon cul, qu'on bande rien qu'en m'observant!

Mais j'aimerais aussi être belle sans en avoir besoin. J'aimerais être en jogging, en sweat, sans maquillage, et que mon simple charme suffise à ce que l'on me regarde un peu.

J'aimerais qu'un garçon m'aime, oh, qu'il m'aime vraiment et qu'il ne soit pas moche, pas repoussant, pas fou, pas étrange ! Un garçon qui me plairait, qui pourrait même plaire à d'autres et qui me trouverait belle. J'aimerais me regarder et me sentir fière, ne plus avoir envie de briser ma face dans le miroir mais au contraire de l'embrasser.

Et finalement, j'aimerais ne rien en avoir à faire de tous ces idiots qui s'arrêtent au déhanché, à l'allure. J'aimerais être belle sans eux, sans que personne n'ait à me le dire. J'aimerais être belle le matin au réveil. J'aimerais me lever et me dire « Je suis belle », passons à la suite. Comme si c'était une chose acquise… Enfin, tant pis.

Je lui ai fait un bisou sur la joue :

— Tu es belle, merde ! Ceux qui ne le voient pas sont des cons.

On a continué de discuter et de se préparer. Pendant tout le temps où on se préparait, je la complimentais pour lui donner confiance en elle… Elle s'est agacée : « Ça y est, je vais mieux. N'en fais pas des caisses non plus ! » J'ai arrêté de la flatter, un peu vexée.

Je me suis regardée dans le miroir. Moi aussi, à vrai dire, je ne me sentais pas aussi belle que je l'aurais voulu. Mais je vivais une journée éprouvante et j'avais une excuse. On a continué de parler de tout et de rien, puis, au détour d'une phrase, Lola a lâché très rapidement :

— Tu-sais-je-vois-un-psy.

Je lui ai demandé de répéter.

— Je-vois-un-psy.

— Tu vois un psy ?

Elle a ouvert de grands yeux horrifiés et mis un doigt sur sa bouche :

— Chuuut ! C'est secret !

J'ai ri.

— Et alors, qu'est-ce que ça fait ? Ce n'est pas pour les fous, les psys, c'est pour les gens qui ne se sentent pas bien, qui traversent une phase difficile ou juste pour ceux qui ressentent le besoin de se confier à un professionnel... Ce n'est pas un sujet tabou. C'est comme aller chez le gynécologue, ce n'est pas agréable, on se met à nu, on a un peu honte que les autres le sachent, mais c'est pour notre santé, alors dans le fond il n'y a pas de honte à avoir.

J'étais fière de ma comparaison, mais Lola a paru sceptique. Elle a arrangé sa coiffure et elle a dit :

— Je crois que mon psy est mauvais... Mais du genre vraiment mauvais. Déjà, il ne parle pas. J'arrive dans son bureau, je lui dis bonjour, il me dit bonjour, puis silence complet. Une carpe... Alors moi, je reste, j'attends. Je me dis qu'il va bien finir par me parler. Mais il ne me parle pas. Je lui demande timidement « Ça va monsieur ? » et il répond que ça va. Puis re-silence. Complet.

J'ai ri en imaginant la scène.

— Ah non, ce n'est pas drôle, a râlé Lola. C'est

même terrible. Je lui ai posé des questions pour meubler la conversation. Et il m'a répondu par-ci par-là, quelques informations. Je crois qu'il a eu une enfance malheureuse. Et qu'il est un peu perturbé.

— Tous les psys sont perturbés, il faut bien qu'ils aient de l'expérience.

— Tu m'étonnes... Déjà, vouloir écouter les malheurs des autres, d'inconnus de surcroît, c'est spécial. Personnellement, j'adore écouter les potins, même quand je ne connais pas les gens. Mais écouter les malheurs, seulement les malheurs... Il faut le faire, quoi !

J'ai hoché la tête parce que oui, il fallait le faire.

Moi aussi plus tard, à cause de la guerre, je verrais un psychologue... Contrairement à celui de Lola, il parlerait. De mon enfance, ma mère ou mon père suivant son humeur. J'aurais beau lui dire que je me fichais de mon passé, que c'était demain qui m'intéressait, qu'évidemment mes parents auraient pu mieux faire, qu'on pouvait toujours mieux faire, et que j'avais l'impression d'avoir été heureuse, il resterait inflexible. Mon enfance, mon père, ma mère. De là découlaient tous mes problèmes.

Un jour, il me demanderait même mes rêves, pour savoir ce que mon subconscient avait à me dire. Je m'énerverais.

– Mais j'en ai rien à faire de mon subconscient !

C'est le cadet de mes soucis, mon subconscient ! Je vous dis que mon monde s'écroule, que le 7 octobre me bousille, que l'antisémitisme me dévaste ; que j'ai été soldate et que ça me pèse, que je vis seule dans une ville trop grande pour moi, que j'ai plein de rêves dans la tête, trop de rêves même, qui me semblent impossibles à atteindre, que je me sens débordée par toutes les choses que je veux faire et que je n'arrive pas à faire. Que j'angoisse à cause du monde, à cause de la guerre, à cause de la haine, à cause de la maladie, à cause de la mort, à cause de toutes les pourritures qui existent et qui nous détruisent, parfois même très lentement pour faire durer le malheur. C'est la peur, la vraie peur. Celle qui saisit au creux du ventre. Celle contre laquelle on est impuissant. Celle qui nous mange, qui nous dévore. Celle qui accapare notre cerveau et qui déraisonne. Celle qui nous fait perdre tout contrôle, toute lucidité, même quand on essaye de s'ancrer dans la réalité… C'est aussi la peur qui donne envie de vivre, de tout faire avant que ce soit trop tard, avant qu'il n'y ait plus le temps.

Oh bon sang, j'ai tellement envie de vivre ! J'ai trop envie de vivre. J'ai envie de vivre follement, parce que ça passe trop vite. C'est urgent, chez moi, la vie. C'est urgent ! Je veux voyager, je veux courir, je veux remplir mes yeux de tout ce qu'il y a à voir, mes oreilles de tout ce qu'il y a à entendre, mes poumons de tous les airs du monde. Je veux crier, je veux chanter, je veux danser. Mon corps n'est pas assez pour ce que je suis, pour ce que je veux être. Et quand je hurle, c'est jamais assez fort, et quand je pleure, ça ne se vide pas, et quand je danse, ça ne s'agite pas assez, et quand je cours, c'est trop lentement. C'est jamais assez. J'ai envie de plus, j'ai envie de tout, j'ai envie de trop. De respirer très fort, de respirer encore et encore. J'ai envie d'être libre, oh comme je déteste être enfermée ! J'ai envie de m'échapper, de me sauver, de me perdre, de tâtonner. J'ai envie de tout essayer, et même de tout rater ! Je veux de l'intensité, je veux aimer, je veux écrire. Oh oui, je veux aimer ! Aimer gratuitement, comme ça, pour le plaisir. Aimer parce que ça fait du bien, parce que ça soulage le cœur ; aimer les cons, aimer les nuls, aimer les médiocres, aimer tout le monde, sans distinction ; aimer comme les hippies, comme les naïfs, comme les gentils dont on se moque un peu. Mais je m'en fiche, si on se moque un peu, je les envoie chier ceux qui se moquent un peu ; je veux aimer ! J'aime tellement aimer ! C'est vital d'aimer !

Et je veux écrire aussi… Je veux écrire ce que je suis et ce que je ne suis pas. Je veux me romancer, je veux m'imaginer. Je m'en fiche de mentir. Je suis jamais aussi sincère que lorsque je mens. Ça me dirige d'écrire. Je sais pas où exactement, et je le saurai peut-être jamais… Ça me sauve. Ça me saisit là, vous voyez, au milieu du ventre, oui juste là. Ça me tient… Non, je ne sais pas ce que je mets derrière « ça me tient », mais c'est pas ça l'important. L'important, c'est que ça me tient. Vous avez bien quelque chose qui vous tient, vous ? On a tous quelque chose qui nous tient. Eh bien moi, l'écriture, ça me tient. Parce que c'est très fort, c'est violent même tellement c'est fort. Ça déborde. C'est comme la vie, ça déborde. C'est comme l'amour, ça déborde. Ça déborde de partout et j'aime tellement déborder…

Vous allez sûrement me dire que c'est pas sain, que c'est pas sain de déborder comme ça. Que c'est pas sain de vivre aussi fort. Qu'il faut rester à la limite. Que si on dépasse la limite, que si on est trop dans l'intensité, y a le risque qu'on se fasse briser. Ou qu'on soit submergé. Ou qu'on soit hors la norme… Est-ce qu'il y a quelque chose de pire qu'être hors la norme ? Mais vous voulez que je vous dise, j'en ai rien à foutre ! J'en ai rien à foutre d'être brisée. J'en ai rien à foutre d'être submergée. J'en ai rien à foutre d'être hors la norme. J'ai l'âge pour ça. J'en profite tant que je suis jeune. Parce que plus on vieillit et moins on nous excuse d'être ce qu'on est… Alors là, j'en profite. Je me sers. Je suis ce que je suis, j'en profite pour être ce que je suis pas. Je tâtonne et on verra bien où ça me mène !

Là, je me tairais et le psychologue resterait un

instant silencieux. Il prendrait quelques notes, puis me demanderait dubitatif:

— Êtes-vous sûre que votre subconscient n'a vraiment rien à vous dire?

10

Le trajet

On s'est enfin décidées à partir. Lorsqu'on est jeune, la fête reste la meilleure des thérapies.

Sur le chemin, nous avons croisé une femme qui criait :

— Dégagez ! Dégagez espèces d'idiots !

Les idiots en question étaient des pigeons qui lui avaient piqué son lit – un matelas et une couverture installés à côté d'une boulangerie. La dame leur a fait des doigts d'honneur, mais les pigeons ne comprenaient pas le langage humain et ne bougeaient pas d'un millimètre, comme si le lit leur appartenait. C'était culotté de leur part. En passant, je les ai effrayés avec mon pied et ils se sont envolés. Ça marche mieux que les doigts d'honneur, les pieds.

La femme m'a regardée avec reconnaissance :

— Merci madame, faudrait plus de gens comme vous.

— Y a plein de gens comme moi.

Je crois que je lui redonnais foi en l'humanité.

Comme elle se sentait seule, la dame a voulu faire la conversation :

— Vous avez vu en ce moment, Paris est infesté de pigeons. Dès que je pars faire un tour, ils me piquent mon lit. J'ai beau les insulter, rien à faire... C'est fou ce qu'il y a comme pigeons ! C'est pour cela que la mairie installe des piques sur les bancs de la ville et sur les rebords des magasins, et que des douches d'eau froide se déclenchent quand on passe devant les parkings... C'est à cause des pigeons. Sans ces pièges, y aurait des pigeons partout. Ils dormiraient sur les bancs, ils s'installeraient dans les parkings, ils prendraient leurs aises, ils feraient comme chez eux ! En plus, avec les Jeux olympiques, ça va renvoyer une mauvaise image de la France si y a autant de pigeons dans les rues... Ça gâche le paysage les pigeons, il faut s'en débarrasser avant ! Vous ne croyez pas, madame ?

J'ai baissé la tête et j'ai répondu que oui, en effet, je croyais que y en avait marre des pigeons, ces fichus pigeons qui pensaient que Paris leur appartenait, et qu'heureusement que la ville mettait les moyens nécessaires pour les faire partir...

— On peut remercier la ville, a dit la dame.

— On peut remercier la ville, j'ai acquiescé.

Et dans ma tête, j'ai insulté la ville, parce que c'était à vomir.

On a poursuivi notre route avec Lola. Elle a consulté son téléphone et son regard s'est assombri. Un responsable de notre licence avait posté un message sur les réseaux sociaux : il s'interrogeait sur le mot « terroriste » pour désigner les membres du Hamas, ça les déshumanisait et les faisait passer pour des « hors-la-loi »... J'ai soupiré. Les enseignants savaient parfaitement que le mot d'ordre d'aujourd'hui était de massacrer les juifs.

— Je suis sûre qu'il est le seul à penser comme ça.

J'aurais aimé croire Lola, mais dès lundi, en arrivant à l'université, des affiches de soutien au Hamas seraient placardées. Les murs seraient tagués : « Sionistes hors de nos facs », « Les sionistes sont les nouveaux nazis ». On serait insulté et harcelé, par message et à l'oral, à toute heure du jour et de la nuit. On alerterait en vain les professeurs et directeurs d'université sur la montée de l'antisémitisme, personne ne daignerait nous écouter. Même lorsqu'un étudiant d'histoire se revendiquerait publiquement néonazi, les professeurs nous conseilleraient de « débattre » avec lui, de lui expliquer, à l'aide de ressources intellectuelles, pourquoi on avait le droit de vivre...

— Et le prof de philo ? a demandé Lola. Tu crois qu'il pense comme ça aussi ?

Le prof de philo était notre enseignant préféré. Il était juif, dans le sens du peuple, sinon il était athée. On n'arrivait jamais à savoir ce qu'il pensait : il parlait de tous les sujets de société avec pessimisme, mais le regard amusé. Il semblait extrêmement bouleversé par les injustices du monde et il ne se passait pas un cours sans qu'il nous parle du réchauffement climatique, de la guerre en Ukraine ou du racisme en général. Étonnamment, il faisait une exception pour l'antisémitisme : il avait même dit un jour qu'Hitler avait du bon en lui et qu'il était moins violent que le Dieu des juifs. Il s'était excusé la semaine d'après, invoquant le désespoir qui est toujours une bonne excuse ; mais on restait méfiantes et on n'arrivait pas à le cerner.

— Les profs de philo sont particuliers, j'ai répondu. Il y a des sujets sur lesquels ils sont très intelligents et d'autres où ils sont totalement à côté de la plaque. Peut-être qu'il soutiendra les étudiants juifs, peut-être qu'il fera partie des antisémites idiots… Pour être honnête, je n'en sais rien.

Plus tard, j'en saurai un peu plus :

Le professeur de philosophie, comme tout philosophe sceptique, soutiendrait les étudiants juifs une semaine sur deux.

Il s'inquiéterait sincèrement pour nous, remarquerait notre absence en cours, prendrait de nos nouvelles, se montrerait bienveillant et à l'écoute, nous proposerait de le contacter autant qu'on le souhaitait, nous inciterait même à militer.

Mais, par souci d'équité, il se montrerait également empathique envers les antisémites : il fallait les comprendre, ils étaient pris par les sentiments et revivaient les traumatismes de leurs ancêtres, forcément, ça débouchait sur la haine. Il minimiserait : quand on entendait « Sale juif » dans les couloirs, ce n'étaient que quelques voix par-ci, par-là, les autres étudiants se taisaient, ce qui voulait dire qu'ils désapprouvaient. Il légitimerait la haine : les crimes d'Israël étaient si terribles que, dans le fond, il était normal qu'on soit haïs, on allait s'y habituer. Il traiterait même les juifs de tueurs d'enfants et, à quatre mille kilomètres du Proche-Orient, il aurait l'impression d'avoir du sang sur les mains…

Avec les autres étudiants, on s'énerverait. On lui expliquerait que les traumatisés pouvaient voir un psy plutôt que s'en prendre aux juifs, qu'on n'était pas venus au monde pour être leur exutoire ; que concernant les Français de souche, c'étaient plutôt leurs ancêtres à eux qui nous avaient fait du mal ; que nous aussi, on était pris par les sentiments, qu'on était même endeuillés, mais qu'on n'était pas racistes pour autant ; que les silencieux ne valaient pas mieux que les haineux, qu'ils les accompagnaient dans leur haine, qu'ils avaient une responsabilité ; que rien ne légitimait le racisme envers une minorité, et cela peu importe le contexte ou la période traversée ; que lui, il tuait peut-être des enfants avant d'enseigner, mais que nous, on se contentait juste de venir étudier, qu'on n'avait pas à être abîmés pour ça ; qu'il n'avait qu'à s'y habituer à l'antisémitisme s'il le souhaitait, mais que nous, on se défendait. Il n'écouterait pas.

Il était philosophe de la tête aux pieds : il voyait le monde mais n'entendait pas les gens, avait conscience de n'être pas grand-chose mais se prétendait responsable de toutes les guerres, respectait la jeunesse qui était l'avenir mais refusait d'écouter un autre raisonnement que celui du passé.

Bref, il était en retard sur son temps, un sacré désavantage dans son métier.

11

Le bar

J'ai soupiré en découvrant les camarades qui nous attendaient à l'intérieur du bar. Des gens ennuyeux, coincés, qui ne dansaient pas, ne parlaient que de sujets tristes et déprimants, n'avaient jamais de potins croustillants à raconter, manquaient d'humour, se prenaient très au sérieux...

J'ai glissé à Lola :

— On va s'emmerder.

— Mais non, ça va être cool. Tes amis vont arriver.

J'ai commandé une bière pour rendre la soirée un minimum agréable, puis j'ai écouté la discussion de la bande pour leur laisser une chance.

Au début, ils parlaient de tout et de rien, de la vie étudiante qui était compliquée, des logements Crous réquisitionnés pour les Jeux olympiques, du prochain festival de musique, des supermarchés qui demandaient aux jeunes de se projeter caissiers toute leur vie, des clients américains qui laissaient des gros pourboires…

Puis ils ont abordé l'attaque.

Ils savaient qu'ils parlaient de ma vie, mais ça ne les a pas dérangés. Certains ont dit que les Israéliens l'avaient bien cherché. Que, si on remettait les choses dans leur contexte, c'était logique, qu'on pouvait parler de résistance palestinienne et que, de toute façon, il n'y avait que les juifs pour soutenir Israël…

D'autres se montraient plus modérés, mais s'exprimaient quand même avec beaucoup de distance. Personne pour dire l'horreur ou le massacre. Ils débattaient de ce qui s'était passé comme de n'importe quel événement d'actualité. Ils extrapolaient déjà la riposte israélienne, imaginaient l'après… Quelques-uns ont cité des philosophes pour appuyer leurs idées, « Comme le disait Sartre… », « Comme l'écrivait Fanon… », et je me suis vite sentie de trop.

J'étais de trop parmi tous ces lettrés qui utilisaient toujours les bons mots, de trop jolis mots, pour parler de ce qui brisait et tuait des gens. Tout n'était que débat, analyse, opinion politique. Ça manquait de sentiments, de tristesse, de peine, de révolte, de colère. Je détestais ce recul, certes nécessaire, mais qu'on avait toujours trop tôt face aux drames. Avant de reculer, il fallait se plonger la tête la première dans la douleur, il fallait regarder la peine bien en face, il fallait insulter la terre entière, il fallait pleurer, désespérer, détester l'homme et se dire que merde, le monde puait la haine. Il fallait être minable, mauvais, sortir ce qu'il y avait de pire en nous, se laisser aller, trembler, oublier la pudeur et lâcher prise, oublier la raison et devenir fou, perdre le contrôle, dérailler... On devrait avoir le droit de s'abandonner complètement, au moins temporairement.

Mais ici, on avait le recul dès le départ, parce qu'on était né dans le bon pays, qu'on y avait vécu toute sa vie et qu'on parlait sans savoir vraiment de quoi on parlait. On était loin de tout ce qui se passait, on restait dans l'extérieur, le superficiel. Pour formuler une pensée, on citait un philosophe qui avait déjà pensé pour nous. Pour exprimer un ressenti, on citait un écrivain qui avait déjà ressenti pour nous. On mangeait du pop-corn ou des chips selon les goûts, et on débattait de la vie des gens, de ceux qui vivaient loin de chez nous, qu'on n'avait jamais vus ailleurs qu'à la télé, et on se demandait qui méritait de mourir et qui ne le méritait pas, qui méritait d'être massacré et qui ne le méritait pas, et on jugeait les populations, qui avec leur guerre nous offraient un bon divertissement, et on se sentait héroïques parce qu'on souhaitait la mort des méchants.

Lola s'est levée. « Je vais fumer. » Elle s'est tournée vers moi : « Tu viens ? » Je ne sais pas pourquoi, mais je n'avais pas envie de l'accompagner. Ou bien j'avais envie, mais je n'y arrivais pas. Mes jambes tremblaient. J'avais du mal à bouger. Je me sentais mal, je ne savais même pas pourquoi je me sentais aussi mal, pourquoi leur discussion m'atteignait autant alors que c'étaient des petits cons. Lola a insisté et, comme je ne me levais pas, elle est partie toute seule.

La bande s'est concentrée sur moi parce que j'étais encore plus divertissante que le conflit israélo-palestinien.

— T'es sioniste toi, non ? Il paraît que t'as vécu là-bas... Tu parles l'israélien ?

— On dit l'hébreu.

— Vas-y, pour voir, juste par curiosité, qu'on sache comment ça sonne.

J'ai jeté un coup d'œil aux autres, ils avaient l'air d'approuver la demande. « Vas-y, parle l'israélien ! » Une fille a montré une vidéo de moi qui datait d'il y a deux ans. Elle l'avait trouvée sur Internet. J'étais en tenue militaire et je parlais hébreu.

— Regardez, là on l'entend parler hébreu. Elle a un accent français. T'es une fausse Israélienne toi, non ?

Les camarades se sont pressés autour d'elle pour voir la vidéo. Ils ont ricané.

— T'as fait plein de vues. T'es une célébrité là-bas ?

— Tu dis quoi dans la vidéo, tu ne veux pas nous traduire ?

— Comment ça se fait que t'as été soldate ? s'est agacé un garçon. Moi à ta place, je serais allé en prison et j'aurais refusé d'être soldat. C'est ce qu'on appelle avoir des convictions !

Une fille a approuvé :

— C'est lâche et hypocrite de ta part de t'être enrôlée.

— Tu dis quoi dans la vidéo ? Traduis-nous.

— Allez, dis-nous de quoi tu parles.

J'ai pris une profonde inspiration et j'ai répondu sèchement :

— Je parle des Palestiniens, je raconte combien j'en ai tués.

Je me suis levée de table.

En partant, j'ai entendu un camarade souffler : « Elle est nerveuse, hein ? On demandait par curiosité. » Un autre lui a répondu : « C'est les sionistes, ils sont toujours nerveux. »

J'ai rejoint Lola, prête à cracher sur sa bande d'amis et à les traiter de tous les noms. Mais dès que j'ai ouvert la bouche, elle m'a serrée dans ses bras.

J'ai fondu en larmes. J'ai pleuré longtemps, parce que j'avais de la peine, que j'étais en colère, que je me sentais humiliée, que j'avais envie de tout casser, que c'était trop lourd pour mes épaules, que la journée était trop dure, que tout retombait, que c'était la goutte de trop, que je me sentais seule, impuissante, que j'avais plus envie d'être en France, mais pas non plus en Israël, j'avais juste envie de partir loin, quelque part où j'aurais une place, où on se ficherait que je sois juive, où on se ficherait que je sois israélienne, où on comprendrait ma souffrance, quelque part sans la guerre, sans mes amis au front, quelque part où ça irait, où je pourrais respirer, où ma douleur se calmerait, où mon cœur s'apaiserait; et je déteste la détresse.

Lola m'a serrée longtemps.

— Tranquille, elle a dit, tranquille. Je suis là moi, je suis là.

Mais même en la sachant là, je continuais de pleurer. Je crois que je ne me rendais même pas compte encore à quel point j'avais de la peine. Progressivement, elle s'étalait ma peine. Elle prenait ses aises, me pénétrait profondément, bousillait chaque partie de mon corps, de mon cerveau, de mon cœur. Ça me faisait mal, plus mal que je ne le pensais, un genre de douleur qui n'a pas de mots pour la décrire, une espèce nouvelle à laquelle j'étais pas habituée. C'était pas violent comme peine, même pas déraisonné, c'était plus vicieux, plus subtil. C'était juste ancré, ça faisait presque partie de moi. Ça rendait tout pesant. Ça rendait tout difficile. J'en voulais à ma judéité d'être autant là, si présente, de déranger les autres à ce point. Ça ne valait pas le coup d'être juif. C'était presque une malédiction. Une marque à la naissance : « Voilà tu es juive. Que tu croies en Dieu ou pas. Que tu te sentes juive ou pas. Que tu aimes Israël ou pas. Que tu grandisses avec des coutumes juives ou pas. Tu es juive et tant pis, tu feras avec. » Il faut comprendre, les hommes ont besoin d'un défouloir. Les psys ne suffisent pas à atténuer leur mal-être, alors Dieu a inventé les juifs, c'est comme cela, y a plus qu'à s'y faire. Plus tôt on l'accepte et mieux on se porte.

Je n'arrivais pas à l'accepter et je me portais mal. J'avais envie de détruire ma judéité. De l'envoyer voler en éclats, de la détacher de moi, de détruire tout ce qu'il y avait de juif en moi. J'avais envie d'être dans la norme, même pour quelques jours, juste le temps de voir ce que ça faisait d'être dans la norme, pour tester, m'alléger un peu. J'en avais marre d'être une minorité, j'étais une minorité même parmi les minorités ; je me sentais vraiment pas beaucoup. C'est douloureux de n'être vraiment pas beaucoup. J'avais l'impression qu'une partie de ma vie était détruite à cause de la guerre, et que l'antisémitisme dévastait ce qui restait, et que je ne tiendrais pas le coup, que je n'y arriverais pas, que ce serait trop dur pour moi. J'aurais voulu être un roc, lutter sans baisser les bras, même impuissante, même haïe, même seule. Mais je n'étais pas forte à ce point, j'étais même fragile, et je m'en voulais de n'être qu'humaine et de me laisser abattre... J'avais vingt et un ans et trop d'attentes vis-à-vis du monde, des gens, de moi-même. J'avais envie de me gifler d'avoir autant d'attentes. J'avais envie de me gifler de ne pas avoir compris, même après un an et demi de service militaire, que les hommes n'étaient pas bienveillants, que même ceux qui paraissaient bienveillants ne l'étaient pas, que dans le monde il y avait beaucoup plus de gens pourris que de gens chouettes, et cela peu importe le pays, peu importe le cadre, que tout était à vomir, parce que c'était comme ça.

Enfin, j'exagérais peut-être un peu. Mais je me sentais mal, quoi.

Lola a dit :

— On va danser.

Et en effet, c'était ce qu'il y avait de mieux à faire.

12

La peur

On est allées au fond du bar où la musique résonnait. Peu de gens dansaient, mais tant pis, on n'avait pas besoin d'être beaucoup. On s'est agitées. On a bougé nos corps dans tous les sens, on a libéré nos bras, on a secoué nos têtes, on a balancé nos cheveux. On a dansé avec violence, avec colère, en tremblant presque. On voulait s'épuiser, atteindre nos limites, s'étourdir, se soûler. On avait besoin de vivre, de sentir qu'on vivait, qu'on était bien là, qu'on existait.

Je dansais et j'envoyais valser toutes les horreurs de la journée, toute la peine que je subissais, tous les sentiments mauvais qui me déchiraient. Je dansais avec urgence, comme si à tout moment la fête pouvait s'arrêter, comme si à tout moment mon téléphone pouvait sonner et m'annoncer la mort. Et je pensais aux jeunes de la rave party massacrés alors qu'ils dansaient. Je dansais en tremblant, des images violentes m'envahissaient, et j'essayais de me dire que je n'avais pas peur. Je me le répétais en boucle, je n'avais pas peur.

Je n'avais pas peur du Hamas, je n'avais pas peur de la guerre. Je n'avais pas peur de Netanyahou. Je n'avais pas peur des antisémites, pas peur des attentats, pas peur qu'on se fasse agresser, pas peur qu'on se fasse tuer à cause de notre judéité. Non, vraiment, je n'avais pas peur.

Je n'avais pas peur d'être seule en France, pas peur d'être loin de ma famille. Je n'avais pas peur de retourner à la fac lundi, de revoir mes camarades, de m'opposer à eux. Je n'avais pas peur de m'opposer aux enseignants. Je n'avais pas peur de m'opposer à mes amis. Non, vraiment, je n'avais pas peur. Je n'avais pas peur pour Israël, pas peur pour ma famille. C'étaient des coriaces, Israël. C'étaient des coriaces, ma famille. Ils vivraient, c'est ce qu'ils savaient faire de mieux. Ils seraient même heureux. Ils s'en remettraient. Je n'avais pas peur qu'ils deviennent fous à cause de la peine, pas peur qu'ils soient tristes pour toujours, pas peur qu'ils se fassent tuer, pas peur qu'un jour on m'annonce leur mort au téléphone. Je n'avais pas peur. Non, vraiment, je n'avais pas peur. Je n'avais pas peur pour ma sœur qui était soldate. Elle était forte, ma sœur. En plus, elle était soldate. Il ne pouvait rien arriver à ma sœur, elle était forte et elle était soldate. Je n'avais pas peur pour elle. Je n'avais pas peur pour mes amis au front. Je les connaissais mes amis, ils étaient costauds mes amis. Je les avais déjà vus se battre et ils se battaient mieux que moi, mes amis. C'étaient des coriaces. Je n'avais pas peur pour eux, pas peur de me réveiller un matin et de lire leur nom sur la liste des soldats décédés, pas peur de leur envoyer un message et de ne jamais recevoir de réponse, pas peur de rester vingt-quatre heures sans nouvelles en sachant pertinemment ce que cela signifiait, vingt-quatre heures sans nouvelles… Non, vraiment, je n'avais pas peur.

Je n'avais pas peur pour le Proche-Orient, pas peur pour le monde, pas peur d'une troisième guerre mondiale. Ça ne pouvait pas arriver, une troisième guerre mondiale. On avait évolué. On savait bien que ça ne menait à rien les guerres mondiales. Je n'avais pas peur.

Je n'avais pas peur pour moi non plus, pas peur d'être moi, pas peur d'être juive. On était en 2024, les gens se fichaient qu'on soit juifs. On n'allait pas être juifs à toutes les périodes de l'Histoire, ce serait trop con. On n'allait pas nous haïr à toutes les périodes de l'Histoire, ce serait trop con. On n'allait pas nous tuer à toutes les périodes de l'Histoire, ce serait trop con… Non, vraiment, je n'avais pas peur.

Je n'avais pas peur d'être juive, pas peur de la

haine. Je n'avais pas peur qu'on me tue, pas peur qu'on tue mes proches. Je n'avais peur de rien ni de personne. J'avais vingt et un ans, j'avais passé l'âge d'avoir peur. Ça me fatiguait d'avoir peur, ça me tuait d'avoir peur. Une vie apeurée, c'est déjà une mort. On n'a pas le droit d'avoir peur. Ça ne mène à rien, la peur. Et c'est pour cela que je n'avais pas peur, parce que ça ne menait à rien, la peur... Non, vraiment, je n'avais pas peur.

À cet instant, je me suis rendu compte que Lola m'observait. Elle a dû sentir que j'étais morte de trouille parce qu'elle m'a pris par le bras et on a dansé ensemble.

Mes amis nous ont retrouvées sur la piste. Noam, toujours un peu timide quand il s'agit de se lâcher, s'est dandiné de droite à gauche, il ne savait pas quoi faire de son corps. Léa, plus à l'aise, s'est déhanchée comme une reine, le sourire rayonnant, on aurait dit une lumière. Théo la suivait, une main sur sa bière, l'autre dans les airs. Il a tapé du pied au hasard, sans faire attention au rythme, mais tant pis, c'est l'intention qui compte. Julie, un peu gênée, elle préfère les soirées potins aux soirées dansantes, buvait du coca en nous regardant. Lola l'a tirée vers elle et, sous le coup, Julie a recraché son coca par le nez. On a ri. Ça m'a fait du bien de rire. Ça me rassurait même, de voir qu'on pouvait encore rire, que certaines choses ne changeaient pas : recracher son coca par le nez restait amusant, même le jour du 7 octobre.

Puis Théo et Noam sont partis fumer et je suis sortie avec eux. J'ai respiré l'air frais et ça m'a fait du bien. Ils ont médité quelques instants parce que l'herbe les rend philosophes. J'ai médité aussi, pour les accompagner, en regardant les gens passer. Je m'imaginais leurs vies, ça m'amusait un peu ; je les filtrais avec les yeux. Il y avait un enfant avec son père. Malgré son âge, l'enfant n'était pas couché. Il écarquillait grand les yeux, alors qu'il n'y avait pas tant à voir… Le père était pressé. Il courait, comme s'il était attendu quelque part. C'était peut-être sa femme qui l'attendait, il était tellement amoureux d'elle qu'il avait hâte de la retrouver. Derrière lui, une petite vieille était assise sur un banc. Elle avait les yeux fatigués, presque fermés. Elle tenait quelque chose, peut-être un album photo. Elle regardait les photographies d'avant, pour se souvenir de ses bons moments. À la fin de l'album, des pages vierges, à cause des quelques rêves qu'elle n'avait pas eu le temps de vivre… Enfin, elle pouvait tout aussi bien tenir un livre ; à cette distance, je ne voyais pas très bien.

Enfin, un groupe de jeunes. Ils se rendaient à une fête, pour relâcher leur tête. Ils avaient bu et riaient beaucoup. Ils parlaient fort et ça m'a rassurée de les entendre parler fort, comme si la ville leur appartenait. Ils donnaient l'impression qu'un jour on serait écouté.

Soudain, Théo a brisé le silence. Il a parlé de sa sœur.

La petite sœur de Théo, Talia, avait mon âge et on était amies. Elle se reposait depuis un mois maintenant dans une clinique psychiatrique, à cause de son petit copain qui l'avait abîmée. Elle avait voulu le quitter, mais de la mauvaise manière, en tentant de partir trop loin, et heureusement la bêtise avait raté.

— Elle n'est pas au courant de ce qui s'est passé aujourd'hui, a dit Théo. J'hésite à lui raconter. J'ai peur qu'elle aille encore plus mal. Et en même temps, je préfère qu'elle l'apprenne de ma bouche plutôt que de celle des autres patients.

Il a baissé la tête. Ces derniers temps, Théo parlait très peu de sa sœur. Il l'adorait, et la savoir là-bas ça lui faisait mal au cœur. Moi aussi, la savoir là-bas ça me faisait mal au cœur.

Une fois, je lui avais rendu visite avec Julie. On lui avait apporté un cadeau, un livre qui parlait de chats. Elle aimait les livres, elle aimait les chats, on ne prenait pas trop de risques. Puis le livre était joyeux, tout allait bien du début à la fin, c'était seulement l'histoire d'un chat qui vivait sa vie. Peut-être que Talia s'identifierait au chat et qu'elle aussi elle vivrait sa vie… En plus, elle n'avait pas le droit aux animaux de compagnie là-bas, alors un livre de compagnie, ce n'était pas plus mal.

En arrivant dans sa chambre, on ne savait pas quoi dire, on ne trouvait pas les mots. On avait parlé de tout et de rien pour se donner une contenance, on avait dit des phrases bateau, très nulles, on avait parlé de son lit qui était confortable et large, de la belle vue qu'elle avait sur le parc, des allusions à Rousseau inscrites partout dans la clinique, elle qui adorait la philosophie, ça devait lui faire plaisir... Enfin, on disait n'importe quoi... On essayait surtout de couvrir la voix des infirmières, cette terrible voix qui résonnait dans les haut-parleurs et qui appelait les chambres entre les numéros 105 et 115 à venir prendre leurs médicaments. Même qu'à un moment Talia s'est exclamée « C'est moi qu'on appelle ! » alors qu'elle était notre amie, pas le numéro 110... Elle a pris ses médicaments et, avec Julie, on s'est senties mal ; ça fait toujours peur, les médicaments.

Puis Talia a annoncé qu'elle arrêtait ses études, elle avait peur de croiser son petit ami à l'université. Elle n'irait plus aux soirées étudiantes non plus, pour la même raison.

Et mon cœur s'est serré à l'idée que son petit ami puisse continuer d'étudier, de participer aux cours, de sortir à des fêtes, pendant qu'elle allait mal et renonçait à tout. Quelque chose dans le monde ne tournait pas rond et c'était à se demander, parfois, comment c'était possible, un tel monde.

— Tu devrais lui dire, a répondu Noam.

Je suis revenue à mes amis. Noam regardait Théo avec gravité.

— C'est important qu'elle sache ce qui s'est passé. Elle finira forcément par en entendre parler, de ce Shabbat noir. Autant que ce soit toi qui lui dises.

Théo a acquiescé. Il avait le regard très triste, comme chaque fois qu'on évoquait sa sœur. Il se demandait comment il lui annoncerait la nouvelle, comment il rendrait supportable et acceptable ce qui était horrible, ce qui était dévastateur. Comment trouver les bons mots. Des mots qui ne soient pas factuels comme ceux des journalistes, pas désespérants comme ceux des parents, pas terrifiants comme ceux des vieux, pas révoltés comme ceux des jeunes ; mais des mots qui ne soient pas mensongers non plus, pas minimisant.

Théo a pleuré, parce que les larmes se passaient de mots. C'est important de pleurer, ça évacue les émotions trop fortes pour le corps. C'est comme manger cinq fruits et légumes par jour, c'est bon pour la santé.

— J'irai la voir demain, a décidé Théo.

Puis il est retourné au bar parce que ça le terrifiait, demain.

13

Le flirt

Noam a accompagné Théo au bar, pour ne pas le laisser seul dans sa peine.

Lola, Léa, Julie et moi on est restées ensemble. On a discuté pour se changer les idées. On a convoqué nos souvenirs, on a évoqué quelques projets à venir, on a soigneusement évité de parler d'aujourd'hui.

Léa nous a annoncé qu'elle répétait un monologue pour une pièce de théâtre avec la fac.

— Je dois jouer une jeune femme naïve et rêveuse… Mais évidemment, elle est plus que ça. Au théâtre comme dans la vie, on est toujours plus que ça.

Elle nous a regardées, l'air de dire que nous aussi, on était plus que ça.

— Il faut que je travaille ma gestuelle, que j'exagère les mimiques, que je pousse les sentiments jusqu'au bout… Que le texte sonne juste, que je m'approprie les mots, que j'adopte mon personnage, que j'apprenne à l'aimer, que je reconnaisse qu'au fond je lui ressemble un peu… Même dans les défauts. Surtout dans les défauts ! Je dois donner de moi, me mettre à nu… Offrir mon cœur sur un plateau, parce que pour l'instant c'est tout ce que j'ai. Je ne suis pas talentueuse, je n'ai pas d'expérience, je n'ai pas assez travaillé ; si je peux offrir quelque chose, ce n'est que mon authenticité.

— C'est déjà beaucoup, l'authenticité.

Léa a acquiescé. On a continué de parler et, au fur et à mesure, je me détendais. L'alcool faisait effet, j'étais entourée d'amies et la musique était bonne. J'avais toujours Israël en tête, j'avais encore peur, j'avais de la peine, je pensais à ma famille, à mes amis et à toutes ces choses difficiles qu'on traversait… Mais ça s'atténuait un peu, j'avais moins mal. Ce n'était plus la douleur qui déchire le cœur, qui écorche la peau, qui donne l'impression de saigner et d'agoniser.

Je me sentais comme une éponge qu'on essore. Ou un aspirateur dont on vide le sac. Ou n'importe quel appareil ménager qui arrive à se ménager. Malgré toute la poussière et la saleté accumulées, j'arrivais à respirer et ça me faisait du bien.

J'ai eu envie de flirter. J'ai repéré un garçon qui portait une chemise, un masque argenté et un nœud papillon; ça m'a amusée parce que c'était laid. J'ai demandé à mes amies :

— Vous pensez quoi de lui ?

— Il a l'air bizarre.

J'ai ri, j'aime bien les garçons bizarres. Puis il était bizarre, mais surtout beau. En plus, il dansait. J'aime bien les garçons qui dansent. J'ai tiré mes amies par la main.

— Venez, on va danser à côté de lui.

On s'est approchées et j'ai fait attention à sourire, parce que j'ai un joli sourire. Après quelques minutes, le garçon m'a regardée, mais il n'osait pas venir vers moi. J'ai dansé plus près et il a chuchoté quelque chose à son ami. Il m'a lancé encore quelques œillades, j'ai fait semblant de ne pas les voir, puis nos regards se sont croisés. Il est venu. J'étais contente. Tout sourire, Léa, Lola et Julie se sont discrètement éclipsées et moi, je suis restée danser avec le garçon. Pour me donner de l'assurance, je me suis prise pour la plus belle fille de la soirée. J'ai dit :

— Tu devrais retirer ton nœud papillon, ça te donne l'air coincé.

Il l'a retiré. On a continué de danser, puis j'ai suggéré :

— Tu devrais aussi relever ton masque, on ne voit pas bien ton visage.

J'ai pris son masque du bout des doigts. Je l'ai

relevé sur son front. Les yeux, c'est ce qui me séduit le plus. Il avait le regard amoureux, il avait sûrement envie de m'embrasser. Moi aussi, j'avais envie de l'embrasser.

— Voilà, t'es beau comme ça.

Il a souri, tout content.

— Toi aussi t'es belle... Est-ce que tu veux prendre un verre ?

On est partis prendre un verre et mes amies ont levé les pouces sur notre passage parce que, tout compte fait, elles l'approuvaient.

Le garçon m'a payé une bière puis on est sortis du bar, c'était plus agréable pour discuter. J'ai frissonné et il m'a prêté sa veste. On est restés un instant silencieux. Il m'a montré le ciel et la seule étoile qu'on apercevait.

— C'est l'étoile du Nord, il a dit d'un ton connaisseur.

Ce n'était pas l'étoile du Nord. Mais je n'ai pas relevé pour ne pas gâcher le moment.

Il m'a parlé longtemps des étoiles, en se trompant dans ce qu'il disait, mais ça restait romantique parce que les étoiles, c'est toujours romantique.

Puis, peut-être à cause de l'alcool ou à cause de la guerre, mon esprit s'est à nouveau baladé. Le ciel de Paris, malgré toute sa pollution, m'a rappelé celui du Néguev où j'allais parfois dormir avec l'école, du temps où j'étais lycéenne... On installait des immenses tentes au milieu du désert et tous les élèves logeaient dedans. Certains jouaient de la guitare, d'autres chantaient. On se partageait des bonbons, du chocolat, on préparait du couscous pimenté, des pains au *za'atar*, on réchauffait du thé au-dessus d'un feu de bois. Vers une heure du matin, il fallait se coucher, et mes amis et moi sortions en douce de la tente pour nous allonger dehors, à même le sable. Alors, on avait la Voie lactée au-dessus de la tête…

Il n'y a pas de spectacle plus grandiose au monde que cette bande blanche qui traverse le ciel et ces milliards d'étoiles qui recouvrent le désert et s'étendent à perte de vue. Certaines filent, d'autres forment des constellations que, pour une fois, on n'a aucun mal à distinguer. L'un de mes amis les pointait avec un laser et m'expliquait comment, avant, on se servait des étoiles pour se diriger : « Tout le monde savait s'orienter… Sauf les jeunes, évidemment. Nous, peu importe l'époque, on met un point d'honneur à être paumés. »

Au spectacle s'ajoutait le bruit des animaux qui passaient par là. La course des gazelles, le grognement des renards, le bêlement des boucs… Une fois, une bête s'était approchée de nos lits, avait mâchouillé mon pantalon et je m'étais sauvée en courant. Mon ami avait ri.

— Ce n'est pas des renards que tu dois te méfier,

mais des serpents et des scorpions. Eux, ils peuvent vraiment te tuer.

Et je n'avais plus fermé l'œil de la nuit.

— Tu es pensive…

Je suis revenue au garçon qui regardait toujours la même et unique étoile en buvant son verre.

— Excuse-moi, j'ai dit. Je pensais au désert. Le ciel est plus beau dans le désert.

— Tu y es déjà allée ?

J'ai fait oui de la tête et, comme ça l'intéressait, je lui ai raconté quelques histoires. J'ai décrit les feux de camp, les levers de soleil, la chaleur accablante durant la journée, le froid glacial durant la nuit. La pluie qui surgissait sans prévenir… L'instant d'avant, le soleil rayonnait, l'instant d'après, la température chutait et le ciel s'assombrissait. L'orage grondait, résonnait de plus en plus fort, se répandait entre chaque dune ; des trombes d'eau s'abattaient et perforaient le sol ; le vent soufflait et emportait avec lui des grains de sable qui volaient dans le ciel, tournaient dans l'air, formaient un mur orangé, un mur qui semblait engloutir le monde entier ; la terre tremblait, s'agitait ; c'était comme si le désert entier hurlait et que nous, petits hommes, on était pris dans ce cri.

Puis je lui ai parlé des Bédouins et des sectes de hippies qui vivaient là-bas. Une fois, je m'étais perdue dans le Néguev et des hippies m'avaient recueillie. Ils avaient entre vingt et trente-cinq ans, vivaient tout nus au milieu des dunes, logeaient dans des tentes et des caravanes, fumaient du matin au soir… On avait sympathisé et ils avaient insisté pour que je reste vivre chez eux pour toujours : « Tu pourras consacrer ton temps à l'écriture et à l'art, pratiquer le yoga, prier Bouddha, danser du matin au soir, te droguer à volonté et élever des perroquets, ça ne te dit pas ? » J'avais poliment refusé.

On a continué de discuter, avec le garçon. Mais on s'est éloignés du désert, parce que c'est trop vide le désert pour meubler une conversation. Comme l'exige le flirt, on a parlé de nos goûts. De films, de livres, de séries, de musiques… On s'est d'abord embrassés avec les yeux. Puis, quand nos yeux en ont eu marre, la bouche a pris le relais.

Et c'était bien.

14

Amour et paix

Je suis retournée voir mes amies qui attendaient impatiemment que je leur raconte les détails. Ça fait partie des bonheurs de la vie, raconter les détails à ses amies. J'ai romancé un peu, je me suis vendue comme une grande séductrice. J'ai eu droit aux félicitations, à l'admiration et j'ai répondu à toutes leurs questions : oui, il m'avait complimenté, non, il ne s'était pas écouté parler, oui, il embrassait bien, non, pas bien à ce point, oui, il était beau, non, il n'était pas si bizarre, oui, il m'avait demandé mon Insta, non, je ne pensais pas le revoir, oui, c'était chouette et j'étais contente, oui, rien ne m'empêchait de voir comment la soirée évoluerait…

Mais je n'avais pas envie de passer la soirée avec lui, j'avais envie de la passer avec mes amis. On a continué de discuter du garçon, puis, comme on était sur l'amour, Lola nous a parlé de sa rupture avec son petit ami :

— Ça fait trois mois maintenant... Je crois que je suis en train de passer à autre chose.

Elle a médité quelques instants.

— Moi, je ne voulais pas passer à autre chose. Je m'étais juré de ne jamais oublier ce que j'avais éprouvé pour ce garçon, de ne jamais oublier la peine que j'ai eue lorsqu'il est parti, de ne jamais oublier la joie de nos premiers baisers... Et finalement, j'oublie un peu, c'est moins dur qu'avant. Je sens bien qu'il est dans mon cœur, mais il ne prend pas toute la place... Je trouve que c'est triste la vie, parce qu'on se remet des choses dont on ne voulait pas se remettre.

— Ce n'est pas triste, c'est bien !

— Dans un sens, oui, c'est bien. Mais ça me chagrine de savoir qu'on peut vivre des choses aussi fortes, des peines aussi dures, des amours aussi sincères et que le temps les efface. Un jour, on se réveille, et on se souvient de notre vie comme d'une photo, comme d'une histoire lue dans un livre. On sait que c'était l'homme de notre vie, sans plus savoir pourquoi exactement, on en parle encore les larmes aux yeux, mais en oubliant d'où vient l'émotion. Il manque quelque chose, parce qu'on ne guérit pas d'un cœur brisé, mais ce quelque chose n'est plus vital. Je sais que je vais faire ma vie, que je l'oublierai totalement... Mais je sais aussi que si je le revois dans dix ans, que je lui reparle... je m'apercevrai qu'il m'a manqué.

On a souri pendant que Lola se perdait dans ses pensées. Elle a conclu :

— De toute façon, les amies, c'est mieux que les gars !

On était d'accord.

Ensuite on a critiqué nos camarades étudiants. L'amour et l'amitié, c'est marrant un moment, mais cracher sur les gens qu'on n'aime pas, encore plus. J'ai parlé des antisémites qui m'avaient humiliée au bar et de ceux qui m'avaient envoyé des messages haineux le matin. J'ai été particulièrement mauvaise langue. Je suis peut-être allée loin dans mes reproches parce que Julie m'a interrompue :

— Ne sois pas trop dure avec eux...

Elle avait quatre ans de plus que moi et parfois elle me parlait comme si j'étais une enfant trop turbulente. Elle m'a expliqué que mes camarades étaient jeunes et que, lorsqu'on commençait à militer, ou à s'intéresser au monde, on avait parfois du mal à nuancer son raisonnement, à faire la part des choses, à différencier les Palestiniens du Hamas et les Israéliens de leur gouvernement. Que parfois on pensait des bêtises et on osait même les dire à voix haute, ces bêtises. Que moi aussi, ça m'arrivait, de penser et de dire des bêtises. Qu'à elle aussi, ça lui arrivait. Qu'ils étaient influencés par les politiques, par la société, que ce n'étaient pas eux les véritables ennemis. Qu'eux, tout ce qu'ils voulaient, c'était soutenir la Palestine. Qu'on allait traverser une sombre période, avec des milliers de morts à Gaza, des femmes et des enfants tués, et des colons de plus en plus violents en Cisjordanie ; qu'on aurait besoin que les jeunes militent. Qu'il fallait que j'essaie de dialoguer avec eux plutôt que m'énerver.

— Je sais faire la différence entre ceux qui soutiennent la Palestine et ceux qui haïssent les juifs, j'ai grogné. Les camarades dont je te parle, ils haïssent vraiment les juifs. C'est de l'antisémitisme, Julie, un réel antisémitisme, une haine des juifs pour leur judéité, une haine qui n'est pas un soutien aux Gazaouis, mais seulement de la haine, une profonde haine, dans tout ce qu'il y a de plus moche et de plus dégueulasse dans la haine ! Et je me fiche qu'ils soient influencés par la politique et par la société, c'est trop facile de tout ramener à la politique et à la société ! Quand tu as le choix entre rajouter de la peine à quelqu'un qui en a déjà ou te taire, même influencé, tu peux choisir de te taire. Et j'ai essayé de dialoguer avec eux, crois-moi, ils ne veulent rien entendre ! Dès que j'évoque la vie des Israéliens, ils me font taire. Pour eux, parler de deux populations, c'est manquer de conviction !

Et la seule conviction que j'avais, c'est qu'ils étaient cons.

Julie a eu l'air embêtée et elle a continué de les défendre. Mais, au fur et à mesure qu'elle parlait, elle perdait pied. Elle a fini par dire que les juifs, on devrait peut-être se décentrer temporairement, s'oublier le temps de la guerre. Que les Palestiniens allaient avoir besoin de soutien, un si grand soutien qu'on devrait avoir l'altruisme de laisser les militants lutter comme ils le souhaitaient. Et tant pis si ça se faisait à nos dépens, tant pis si certains en profitaient pour haïr les juifs, tant pis s'ils n'avaient pas l'ouïe assez développée pour entendre deux peines, s'ils ne parlaient pas du massacre... Qu'on devrait l'accepter et taire notre souffrance, parce que de grandes tristesses approchaient, des tristesses peut-être pires que notre chagrin à nous...

Elle m'a parlé de grandeur d'âme, d'humanisme, d'empathie pour les autres et de bons sentiments. Elle a sorti plein de jolis mots, des mots qui me blessaient, qui m'agaçaient, qui me donnaient envie de la secouer.

— Et ma douleur à moi, Julie, on en fait quoi ? Et de ta douleur à toi, on en fait quoi ? Qui va se souvenir des juifs, si on s'oublie nous-mêmes ? Comment veux-tu que l'on fasse notre deuil si on nous rabâche que nos morts sont mérités ? Si notre choc n'a pas le droit d'exister ? Si notre déni renforce le leur ? Si notre tristesse est indécente, nos larmes jugées ? Si notre résignation les incite à nous achever ? On va finir en morceaux et on ne le mérite pas !

Quant à ma grandeur d'âme... elle est toute petite ! Mes bons sentiments, ils puent la merde ! Et quand je pense aux autres, c'est parce que j'ai d'abord pensé à moi. Et quand je lutte pour le monde, c'est parce que je crois qu'il m'appartient... Je n'échappe pas à la règle des hommes, je suis minable ! Ma peine et la peine de mes proches passeront toujours avant le reste.

Je me suis tue et on est restées silencieuses un instant. Je voyais bien que Julie était perdue, qu'elle ne savait plus quoi penser, qu'elle avait lutté toute sa vie avec des gens qui la rejetaient le jour où il aurait fallu lutter pour elle, qu'elle avait des convictions qu'on lui disait contradictoires, qu'elle avait vécu des choses graves qu'on lui disait sans gravité. Elle ne savait plus comment gérer.

— Quant aux Palestiniens, j'ai repris. Eh bien... Je veux les voir vivre les Palestiniens. Et pas seulement vivre, je veux voir leur État, je veux voir leur drapeau. Je veux qu'on puisse vivre côte à côte. Je veux que les enfants palestiniens grandissent en Palestine, qu'ils puissent en partir, y revenir, adorer leur pays ou le critiquer, qu'ils puissent faire leur vie, avoir des projets, les réussir ou les rater, qu'ils connaissent les malheurs futiles, ceux qui ne changent rien à la vie, ne tuent pas, ne sont pas la guerre, ne sont pas la faim, ceux qui ne sont pas l'horreur, qui ne sont pas la mort. Je veux qu'ils soient soutenus, je veux qu'on montre leur visage, je veux qu'on raconte la vie de chaque « victime collatérale ». Quel mot de merde, « victime collatérale »... Comme si la personne n'était rien, comme si elle n'était pas le monde entier pour elle-même et pour ses proches!

Je ne veux pas la guerre, Julie, j'en ai marre de la guerre. Je suis à bout, tu vois, je suis fatiguée. Combien on va mourir? Combien on va tuer? Je veux la paix.

Et peut-être que je veux la paix avec beaucoup de naïveté, peut-être que je veux la paix comme les jeunes qui ne connaissent rien à la vie, comme les artistes perchés, comme les déconnectés de la réalité, comme ceux qui ont été épargnés par la souffrance, qui l'ont vécue d'assez loin pour ne pas disjoncter, ceux qui ne connaissent pas assez le monde pour savoir que ça ne marche pas comme ça, que dans la vraie vie ça ne marche jamais comme ça, que c'est trop simple de vouloir la paix, qu'il faut choisir un camp, que sinon on lutte dans le vent. Mais je m'en fous, tu vois. L'avantage d'avoir vingt et un ans, c'est qu'on peut penser ce qu'on veut, et même le bien, qu'on peut se battre pour toutes les vies, même les petites, qu'on peut lutter pour l'idéal qu'on a dans la tête, même si ça paraît impossible; on nous le pardonnera.

15

Le comédien

Léa et Lola nous avaient abandonnées pour parler de sujets plus croustillants. Elles avaient leurs priorités et les autres filles de la soirée étaient moins belles qu'elles, il fallait le relever. Puis Théo et Noam sont revenus et on a stoppé notre conversation. Ils s'étaient fait un ami au bar, un homme de cinquante ans plutôt éméché. Ils nous l'ont présenté, certains qu'on l'adorerait.

— C'est un comédien ! Un grand comédien, un vrai acteur ! s'est extasié Noam. Il est d'accord pour jouer dans le film de Théo gratuitement !

Après de rapides présentations, il s'est trouvé que le grand comédien traversait une phase d'entracte et était actuellement au chômage. Mais effectivement, dans sa jeunesse, il avait foulé un tas de grandes scènes internationales pour jouer tantôt des héros dramatiques, tantôt des personnages comiques, tantôt des méchants…

— Il a même joué sur la scène de l'Habima !

J'ai écarquillé les yeux. L'Habima est le théâtre le plus célèbre d'Israël. Situé à Tel-Aviv, on y croise les seules personnes élégantes de la ville. Il apparaît souvent dans la littérature ou le cinéma israéliens. Tous les acteurs rêvent de s'y produire.

— Tu connais l'Habima ? s'est étonné le comédien.

J'ai acquiescé. J'avais vu une pièce là-bas, une fois, avec le lycée. *Mika Shéli.* Je n'avais pas tout compris parce qu'à cette époque je parlais mal hébreu. Mais le spectacle était si beau ! La mise en scène était stupéfiante, les comédiens fabuleux. Ils chantaient, dansaient, touchaient et émouvaient. Il y avait les lumières, les musiques… et cette scène incroyable : des militaires avançaient, enveloppés de leurs ombres immenses. Puis la guerre débutait. Les ombres tombaient une à une avec des bruits de coups de feu.

Dans ma classe, tout le monde était scotché, captivé.

Vers la fin de la pièce, une date était apparue en grand : 6.10.1973. Les spectateurs avaient frissonné, comme s'ils savaient le dénouement. Moi, cette date, je ne la connaissais pas encore. Puis les protagonistes étaient apparus dans une synagogue, le jour de Kippour. J'avais frissonné à mon tour parce que je connaissais la guerre de Kippour.

J'avais beaucoup pleuré et, lorsque j'étais sortie du théâtre, un professeur m'avait dit gaiement : « Dans deux ans, ce sera ton tour d'être soldate. »

J'avais pleuré encore plus.

Ce jour-là, j'avais aussi prié très fort pour qu'il n'y ait plus jamais de guerres. Pour que ma génération ne connaisse pas cela. Et c'était naïf de croire que Dieu ferait une exception pour moi... Bientôt, la place devant l'Habima – celle où à l'époque on s'asseyait entre amis pour manger des glaces – deviendrait la place des otages. On y monterait des installations évoquant la guerre, comme ce sablier aux grains rouges avec l'inscription : « Le temps file et le sang coule. » Plus loin s'afficherait en lettres lumineuses la supplique « *Bring them home* ».

Mais j'étais fatiguée de penser à la guerre. Je me suis intéressée au grand comédien qui n'était plus qu'un petit homme. Dans quelle pièce avait-il joué ? À quelle occasion était-il monté sur la scène de l'Habima ? Est-ce qu'il avait vécu en Israël ?

— Ma petite amie était israélienne, il a expliqué. J'ai vécu... J'ai vécu deux ans là-bas.

Il avait beaucoup bu et il mettait du temps à trouver ses mots.

— Elle est décédée depuis, de maladie... C'était terrible, l'enterrement...

Il s'est plongé dans ses souvenirs et il avait le regard très triste. Il a dit :

— On a enterré mon cœur en même temps que son corps… Quand on a été amoureux trop longtemps, on ne sait plus être autre chose…

Il s'est tu un instant avec beaucoup de souffrance dans les yeux. Puis il s'est exclamé : « Enfin ! » Il a levé les bras au ciel d'un geste théâtral et ça devait lui rappelait sa jeunesse, quand il montait sur scène.

— C'est la vie, on meurt tous.

Il nous a regardés, l'air de dire que nous aussi, on mourrait un jour. Comme on pâlissait, il a changé de sujet :

— J'étais un grand acteur à l'époque. Je n'en ai plus l'air maintenant, hein ?

— Si, un peu, je l'ai rassuré.

Mes amis ont approuvé de la tête. Mais l'ancien comédien n'était pas dupe et il a soupiré.

— De toute façon, mon temps est fini. J'étais sur le devant de la scène tout juste hier, mais aujourd'hui est arrivé et c'est à votre tour, les jeunes, de sortir des coulisses… À défaut d'être le comédien, je peux être le souffleur. Vous avez l'énergie, j'ai le texte. Je vous évite quelques erreurs, vous file quelques répliques. Je vous transmets mon savoir, mon expérience, car j'arrive à l'âge où le monde ne m'appartient plus, où je le connais trop bien pour penser le maîtriser… J'arrive à l'âge où le superficiel n'est plus de mise, où l'humour s'est effacé, où la beauté n'est plus que dans les rides, où seule la bonté peut caractériser... Mon rôle est de vous aider du mieux que je peux... De vous passer les cartes, pour que vous, vous soyez maîtres du jeu !

Il a ri. Et les garçons avaient raison, je l'aimais bien.

Le comédien a continué de parler longtemps. Il nous a donné des conseils, a philosophé avec nous. Il a raconté qu'on portait un masque tout au long de notre vie, du début à la fin, et qu'il n'y avait qu'aux portes de la mort, au moment de saluer, qu'on le retirait enfin et que, seulement là, les gens voyaient qui on était vraiment.

— Bas les masques ! il s'est exclamé. Ça ne sert à rien de jouer un rôle, c'est de la perte de temps de jouer un rôle ! Moi, j'ai joué un rôle toute ma vie, ne faites pas la même erreur.

Puis il nous a parlé de lui. Il donnait des cours de théâtre aux collégiens, les mercredis après-midi. Il enseignait la comédie avec beaucoup de tristesse parce qu'il détestait son métier. Il disait que ses élèves massacraient les plus belles pièces jamais écrites, qu'ils faisaient des mauvaises parodies de ce qu'ils avaient vu. Il avait beau leur rabâcher d'être dans le vrai, à cet âge, les enfants étaient menteurs. Ils ne connaissaient pas le vrai ou ils en avaient honte. Alors ils trichaient, comme à l'école.

Ils copiaient les grands acteurs, comme on copie le premier de la classe. Et le pire dans tout ça, c'est que personne ne le copiait, lui.

Le comédien s'est interrompu et il a levé les yeux au ciel. Il avait fini une tirade, il fallait marquer le coup. Puis il m'a regardée et ses yeux ont pétillé :

— Dis-moi, toi, tu pars de temps en temps en Israël ?

— Oui, j'ai répondu. J'ai ma famille là-bas... Pourquoi ?

Il a souri. Il a sorti un stylo et un bloc-notes de sa poche, a gribouillé quelques mots sur une page, puis il l'a arrachée, pliée en quatre avant de me la tendre :

— C'est une prière. Tu l'apporteras au mur des Lamentations.

— Vous croyez en Dieu ? je me suis étonnée.

— Non, mais j'aime me lamenter.

Ça se tenait.

J'ai pris la prière et l'ai glissée dans ma poche. C'est fou tout de même, qu'une prière tout entière puisse tenir dans une poche.

J'ai pensé à mes parents. Eux aussi écrivaient leurs prières sur un bout de papier qu'ils coinçaient entre les pierres du Kotel. Ils disaient que ça donnait plus d'impact à leurs mots, que c'était comme envoyer une lettre recommandée à Dieu ; on était sûr d'être écouté.

Moi, quand j'allais au Kotel, j'oubliais tout le temps de préparer un papier. J'improvisais directement face au Mur. Mais je n'osais pas demander trop de choses à Dieu, je me disais qu'avec toutes les prières qu'Il recevait Il n'avait pas beaucoup de temps à m'accorder… Je me concentrais sur l'essentiel : la santé, le bonheur, la vie jusqu'à cent vingt ans – même si ça faisait vieux –, que mes angoisses me fichent la paix, et que je sois une écrivaine un jour, si possible, amen.

Je priais surtout pour ma famille et je finissais par moi. Mon père, lui, ne priait que pour nous, parce qu'il savait que les quatre autres, on priait pour lui. Ma mère ne disait jamais pour qui elle priait, ni ce qu'elle demandait, c'était entre Dieu et elle. Quant à mes sœurs, elles me disaient juste : « J'ai prié pour toi, tu as intérêt à avoir prié pour moi. » On se racontait rapidement ce qu'on avait souhaité à l'autre et c'était un moyen de s'assurer qu'on se connaissait bien.

Puis mes pensées ont quitté le Kotel, parce que, ce soir, je n'étais pas d'humeur spirituelle. Ma tête a erré juste à côté, dans le souk de Jérusalem, entre les rues étroites bordées de bâtiments en pierre, où s'entassaient les vendeurs et leur marchandise. Là-bas, on trouvait de tout : des épices, des tissus, des tapis, de la vaisselle, des théières, des œuvres d'art, des objets religieux, des lampes à huile, des pâtisseries… Suivant le lieu de culte où l'on se rendait – le Kotel, l'église du Saint-Sépulcre ou la mosquée al-Aqsa –, l'ambiance du souk changeait ; les objets vendus n'étaient plus les mêmes, passant de la menorah à la croix ou du tsitsit à l'abaya, les odeurs variaient et même l'air paraissait différent… On avait l'impression que trois mondes se touchaient, des mondes qui d'un côté se ressemblaient – mêmes coutumes, mêmes tenues, mêmes rites religieux – tout en restant distincts… Jérusalem était une ville particulière.

— Drôle de ville que Jérusalem, hein ?

Le comédien m'observait. Il semblait lire dans mes pensées. J'ai acquiescé. Trois fois sainte, mais pleine de péchés. Remplie d'Histoire, mais aucune moralité. Vieille comme le monde, mais pas assagie. Marquée par l'hostilité, alors que son nom signifie « Paix ».

Le comédien a ricané et il y avait de la douleur dans son rire.

— Tu déposeras quand même ma prière…

Puis il s'est baissé en faisant un moulinet avec son bras pour nous saluer.

— Maintenant, jeunes gens, je dois partir. Mais j'ai été heureux de vous connaître. Ce n'est pas tous les jours qu'on rencontre de grands artistes ! Merde à vous !

16

Merde à nous !

On a continué de discuter avec mes amis.

Pendant qu'on parlait, le bar se vidait. L'heure avançait… Mais nous, on faisait comme si de rien n'était. On voulait oublier l'arrivée de demain et on s'est raconté des souvenirs joyeux.

— Vous vous rappelez quand Léa s'est perdue à l'Opéra ? En croyant rejoindre la sortie, elle s'est retrouvée sur scène !

— Et quand Julie s'est fait poursuivre par la police après un collage militant ?

— Et la fois où on a dormi sur la plage… Les chercheurs de trésors nous avaient dégagés.

— Et cette colonie que Théo avait animée ! Il avait oublié six gosses sur une aire d'autoroute !

On blaguait, on riait. Mais bientôt, les souvenirs joyeux n'ont plus eu d'effets sur moi.

J'angoissais… Je pensais à lundi, quand je

retournerais à la fac et au travail. Comment je surmonterais les prochains mois ? Comment on fait pour se lever le matin, pour étudier, participer aux cours, réviser ses examens, travailler avec des enfants, donner le change aux collègues, quand on a la tête dans un pays en guerre et les pieds dans un pays haineux ? Quand on a envie de lâcher prise, mais qu'on ne peut pas s'effondrer devant tout le monde parce que le règlement social l'interdit. Ne vous écroulez pas dans l'espace public, ce n'est pas fait pour ça. La détresse, on la garde chez soi.

J'avais l'impression que je n'arriverais jamais à traverser cette peine. Je n'avais pas les épaules pour ça. Je manquais de solidité. Et c'est dommage qu'on ne puisse pas contrôler sa solidité. Il devrait y avoir des cours qui nous enseignent la solidité... Comme au collège, quand on nous apprenait les changements d'état, l'eau qui devient solide. Les jeunes aussi, on devrait nous apprendre à changer d'état, à devenir solide. On devrait nous apprendre la suite de la vie. Nous apprendre demain. Mais les cours de chimie se limitaient à l'eau, les cours de sport ne musclaient pas les épaules, les cours d'histoire s'arrêtaient à hier... Même l'art n'allait pas assez loin : les livres se finissaient toujours au dernier chapitre. Les films ne montraient jamais l'après-dénouement. La chute arrive, épilogue ou générique, et tant pis pour la vie qui continue, le spectateur n'a qu'à l'imaginer tout seul.

Aujourd'hui, je manquais d'imagination.

Aujourd'hui, j'étais bloquée dans la guerre.

Même à quatre mille kilomètres d'Israël, j'entendais les drones militaires survoler le pays, surveiller les villes. Ma mère n'avait pas dormi parce que le bruit des drones lui rappelait le danger, lui rappelait qu'à tout moment elle pouvait être attaquée. J'entendais les sirènes résonner et ma cousine se réveiller en sursaut, se précipiter dans la chambre blindée pour se cacher des roquettes. Elle y installerait vite des stocks de provisions, au cas où il y aurait trop de roquettes, au cas où elle ne pourrait plus sortir. Il y aurait aussi un journal de guerre, où le porte-parole de Tsahal relaterait les événements vécus par l'armée ; mon père serait devant la télévision, suspendu à ses mots, angoissé pour l'avenir, angoissé pour sa famille.

J'entendais ma sœur qui rejoignait sa base militaire. Ce matin, elle prenait la voiture plutôt que le bus parce qu'on ne sait jamais, dans le bus un terroriste pouvait débarquer et la tuer. Avec les juges, ils annonceraient leur libération aux soldats emprisonnés, qu'on envoyait au front. On avait besoin d'eux, au front…

J'entendais mon autre sœur, la plus petite, se rendre au collège. Elle commencerait la journée par un entraînement de volley-ball. Dans un mois, elle accueillerait une nouvelle coéquipière dans son équipe, une ancienne membre du kibboutz Beeri, une ancienne otage du Hamas. Et ma petite sœur s'étonnerait de voir sa coéquipière s'entraîner au volley-ball, chanter avec le reste de l'équipe, sauter de joie à chaque point marqué, continuer à vivre… Parce que c'est toujours impressionnant, les gens qui continuent à vivre.

J'entendais aussi, à Tel-Aviv, les larmes de mon ami israélien, assis sur son lit. Il avait attendu vingt-quatre heures. Il avait nettoyé la maison pour l'occasion, pour qu'en rentrant sa sœur s'exclame « Eh bien, c'est propre ici, c'est joli ! » et qu'elle soit contente de rentrer, qu'elle se sente bien chez elle, que la propreté de la maison lui fasse oublier les cadavres du festival Nova, et il n'arrivait toujours pas à se dire que sa sœur faisait partie des cadavres.

Shira, elle, prenait le premier bus de la journée. Elle se rendait à l'enterrement de ses anciennes soldates. Dans la religion juive, on se dépêche d'enterrer les personnes décédées, pour que leurs âmes ne restent pas trop longtemps, à cause du trop-plein de souffrance qu'il y a sur terre. Et Shira se demandait comment ferait son âme à elle, pour supporter le trop-plein de souffrance sur terre.

J'entendais les voisins, ceux qui se plaignaient de la musique trop forte pendant les soirées, ceux qu'on appelait « les rabat-joie ». Les rabat-joie étaient en train de hurler de douleur, de s'effondrer, parce que deux soldats de Tsahal se tenaient devant leur porte. Les soldats n'avaient rien dit encore, ils n'avaient pas ouvert leur bouche. Mais les voisins habitaient en Israël depuis suffisamment longtemps pour savoir ce que ça voulait dire, deux soldats devant leur porte.

Enfin, j'ai entendu la voix de Lola : « Il est six heures. Le bar ferme. Il faut y aller. » Et je suis revenue en France, au bar, avec mes amis qui se levaient, prêts à partir.

Je me suis levée aussi. Mais mes jambes n'arrivaient pas à me soutenir, je les sentais fléchir. Je n'arrivais pas à tenir debout. C'était la première fois que ça m'arrivait, de ne plus sentir mes jambes du tout.

— J'ai trop bu, j'ai ri.

Mais tout le monde savait que je n'avais pas trop bu, que je n'arrivais juste pas à contrôler mes jambes, tout comme je n'arrivais pas à contrôler ma tête qui restait bloquée en Israël. C'était peut-être à cause de l'heure. Six heures, ce n'était pas anodin comme heure, six heures, c'était le début du massacre… Léa m'a rassurée, elle m'a dit qu'à elle aussi ça lui était arrivé une fois, de ne plus contrôler ses jambes. Elle m'a donné un verre d'eau. J'ai bu et, en pensée, j'ai engueulé mes jambes, elles n'avaient pas le droit d'être sensibles à ce point. Elles se sont ressaisies et j'ai pu me lever. On est sortis du bar.

On a loué des vélos pour rentrer chez nous. Comme Lola n'avait pas d'abonnement, je lui ai proposé de monter derrière moi, en se mettant debout sur la selle. Elle a pâli.

— Et si je tombe?

— Je n'irai pas vite, j'ai promis.

On a pédalé dans Paris.

On a traversé quelques quartiers et on est passé devant des immeubles, devant des commerces, une université, une station de métro, une synagogue… On ne savait pas encore que, sur ces immeubles, des étoiles de David seraient taguées. Que sur ce commerce, il serait inscrit « Interdit aux juifs ». Que dans cette université, on empêcherait une étudiante juive d'entrer. Que dans ce métro, on chanterait sa fierté d'être nazi. Qu'en sortant de cette synagogue, un sexagénaire serait frappé et humilié.

On ne savait pas encore que la haine serait aussi forte. Que nos parents retireraient kippas et mezouzas. Que nos amis disparaîtraient des facs et des lycées, ou s'y rendraient la boule au ventre, en essayant d'être discrets. On ne savait pas encore que l'antisémitisme serait à ce point accepté qu'on pourrait être insulté devant les autres, sans que personne ne bronche. Que quelques étudiants juifs seraient tellement harcelés qu'ils essaieraient de se tuer, qu'ils frôleraient la mort, et que les gens resteraient silencieux, parce que même la mort, ce n'était pas assez fort pour les secouer, parce qu'ils croyaient être dans leur droit en étant indifférents et lâches face à la haine, et ils pensaient même que ne rien faire de mal, c'était faire quelque chose de bien.

Je crois qu'il n'y a rien de plus dangereux au monde que l'indifférence, la lâcheté et la haine.

J'ai continué de pédaler, en pensant à Israël, à Gaza, à la France, à l'Europe, au monde en général.

J'ai été tentée de désespérer parce que tout semblait perdu. Mais je me suis rappelé que les jeunes, on était mauvais perdants. Qu'à notre âge, même ce qui semblait couru d'avance trouvait le moyen de marcher en retard. Que le pessimisme, c'était trop facile pour nos cerveaux compliqués, que c'était s'autoriser à ne rien faire sous prétexte d'impuissance. Que c'était être malheureux toute notre vie, pour arriver au même résultat que les optimistes qui, dans le pire des cas, ne sont tristes qu'à la fin. Puis ça ne laissait aucune chance au « On ne sait jamais »... Et moi, la grande qualité que j'ai, c'est que je ne sais jamais.

J'ai continué de pédaler. Le soleil se levait et c'était fou que, même en temps de guerre, le soleil se lève. Mes malheurs me donnaient le tournis, mais la terre tournait quand même, parce qu'elle se fichait de mes malheurs et de mon tournis. Je n'étais rien du tout et, pour une fois, ça me rassurait, de n'être rien du tout. Ça me donnait l'impression que je n'avais pas trop d'efforts à faire pour que la vie continue d'elle-même. Que demain n'arriverait peut-être pas demain, peut-être pas le mois prochain non plus, peut-être même pas l'année prochaine… Mais qu'il arriverait bien un jour parce que c'est comme cela, on ne peut rien contre le temps. C'est le principe d'être impuissant.

Puis Léa et Noam ont pédalé à toute vitesse à côté de moi, en lâchant le guidon, et j'ai failli tomber. Julie m'a rattrapée de justesse. Théo m'a bousculée avec son vélo, il voulait effrayer Lola qui s'accrochait de toutes ses forces à mes épaules. Elle l'a insulté. J'ai zigzagué à mon tour, pour embêter Lola. Elle m'a insultée aussi. J'ai ri.

On n'est rien sans nos amis.

Table

Achevé d'imprimer sur Roto-Page
par l'Imprimerie Floch à Mayenne
en juillet 2024.
Numéro d'imprimeur : 105086

Imprimé en France.